居眠り同心 影御用11

早見 俊

時代小説
二見時代小説文庫

風神狩り——居眠り同心 影御用11

目次

第一章　夫は何者

一

善太郎《ぜんたろう》は日本橋長谷川町《はせがわちょう》の履物問屋杵屋《きねや》の跡取り息子だ。

杵屋は五代に亘《わた》って履物を扱う老舗《しにせ》で、父である主人善右衛門《ぜんえもん》は町役人《ちょうやくにん》を務めている。善太郎は老舗の看板に溺れることなく、新規の得意先開拓に邁進《まいしん》していた。

文化《ぶんか》十年（一八一三）水無月《みなづき》五日の酷暑の中、本所《ほんじょ》から深川《ふかがわ》にかけて所在する武家屋敷を商って歩いて来たところである。白絣の単衣《ひとえ》の裾をはしょり、履物の入った大きな風呂敷包みを背負って大汗をかきながら駆けずり回って夕暮れを迎えた。ところが、夕闇迫っても、暑気は去ってはくれず、生暖かい風が地べたを覆っている。

両国橋を渡り、両国西広小路に到り、米沢町《よねざわちょう》三丁目の路地を左に折れたところで、下腹部に痛みを感じた。

堪《たま》らず、目の前にある長屋の木戸にうずくまると、

「大丈夫ですか」

優しげな声をかけられた。顔を上げ大丈夫ですと答えた直後、

「すみません、か、厠《かわや》を……、お借りします」

情けない声を発すると女はどんつきですよ、と親切に教えてくれた。風呂敷包みは自分が見ているからという女の申し出に返事をするゆとりもなく、木戸から路地を進み、奥にある厠へと急いだ。一日、水ばかり飲んでいたためだと反省する。本所は水が悪いことで知られているが、水売りから水を求めることをけちり、行く先々のしまったことのつけである。

用を足し、腹痛が和らいだところで、路地に戻った。

風呂敷包みを手に持った女が棟割《むねわり》長屋の真ん中辺りで立っている。どうやら、女の家の前のようだ。善太郎は歩み寄るとぺこりと頭を下げた。女は風呂敷包みを手に、

「どうぞ、中へ」と家の中に入った。

腰高障子が開け放たれ中を見通すことができる。女は小上がりになった板敷に風呂敷包みを置いて振り返った。

「どうも、すみません」

善太郎は丁寧に腰を折った。

「いいえ、どういたしまして。腹痛《はらいた》ですか」

「つい、水を飲み過ぎてしまいましてね」

「この陽気ですからね。そうだ。よかったらこれを」

女は板敷に上がると茶簞笥の引き出しを開け、紙包みを取り出した。腹痛用の薬だという。

「ちょっと、待っててくださいね」

女は親切にも白湯《さゆ》まで用意してくれた。

「お内儀《かみ》さん、なんだか、ご親切になりっぱなしで申し訳ございません」

何度も頭を下げてから善太郎は素性を名乗った。

「履物を風呂敷に入れて新しいお客さまを探して歩くなんて、この暑いのに大変ですね。わたしの亭主も行商をしているんですよ」

女はお久《ひさ》と名乗った。主人は薬の行商をしている吉次《きちじ》という男だそうだ。

「ですから、これ、商売物なんです」

と、お久は申し訳なさそうに目を伏せる。控え目で親切な女房だ。会ったこともない亭主が羨ましくなった。

「それじゃあ、ありがたく頂きます」

善太郎の顔から自然と笑みがこぼれた。

「御亭主は、どちらで行商されているのですか」

「年中、家を空けていますよ。奥州道中を商って、それはもう滅多に家に帰って来ません。今頃は奥州道中の何処かの宿場で薬を売って歩いていることでございましょう」

「それは、お寂しいですね」

「もう、慣れっこになりました」

お久の表情は言葉とは裏腹に寂寥《せきりょう》感が漂っている。見たところ、まだ二十歳を少し超えたところだ。夫婦になってそんなには年を重ねていないのではないか。お久は善太郎の心中を察したように、

「夫婦になって一年半です。初めのうちはなんだか不安で、寂しくて仕方ありませんでしたけど、人間、慣れるものですね。今では主人がいない暮らしが当たり前になっています」

お久は明るく言った。それから、はっとしたように、

「すみません。つい、愚痴をこぼしてしまって」

「わたしこそ、ご親切にお薬まで頂戴してしまって……。ああ、そうだ」

善太郎は風呂敷包みを解いた。

真新しい雪駄《せった》や下駄《げた》が出てきた。その中から朱色の鼻緒の下駄を手に持ち、

「これ、商売物ですいませんが」

と、お久に手渡した。

「いけませんよ。こんな高価なもの、とっても頂けません」

お久はかぶりを振る。

「これは見本です。売り物じゃないんですよ。どうか、遠慮なさらず」

「いいえ……」

まだ遠慮するお久に半ば押し付けるようにして家を出た。

一日の疲れが引いたようだ。お腹もすっきりとした。人の親切が身に染みた日暮れである。商いは地道にということを心がけて本当によかったと思った。

そんな思いで長屋の木戸を出ると日本橋へ向かおうとした。米沢町の町屋を抜けると武家屋敷が建ち並んでいる。その一角にひときわ大きな屋敷がある。何度か通りかかり、出入りが叶わないかと狙いをつけていた

するとと、長屋門の潜り戸から棒手振《ぼてふ》りが出て来た。手拭で頬被りをし、木綿の単衣の裾をはしょり、天秤棒で吊った籠《かご》にはきゅうりや西瓜《すいか》、茄子《なす》といった青物《あおもの》が詰まっている。野菜売りのようだが、裏門ではなく表門から出入りするとは不思議である。

すると、屋敷の中から、

「大殿さま、おやめください」

という声がしたと思うと、若党らしき侍が出て来て野菜売りを引き止める。

「かまわん。ほんの半時じゃ」

とても野菜売りの応対とは思えない。

――そうか――

噂には聞いていた。直参《じきさん》旗本千石柳原主水丞《やなぎはらもんどのじょう》さま。書院番頭《ばんがしら》や勘定吟味役《かんじょうぎんみやく》、普請奉行《ふしんぶぎょう》を務めた後、隠居し、暇を持て余す余り、棒手振りの真似事をしたり湯屋の二階で町人たちと交わったりしているという。少々、いや、大変に風変りな大殿さまだそうだ。

「おまえ、何を商っておる」

柳原は天秤棒を担いだまま善太郎に興味を示した。好々爺然とした面差《おもざ》しの中に溢れんばかりの好奇心に彩られた両眼が輝きを放っている。

「履物でございます。よき、品揃えでございます」

善太郎は声を弾ませた。

「よし、中に入れ」

柳原はにこやかに言った。

――やったあ――

善太郎は躍り上がらんばかりの気持ちを胸に閉じ込めた。


その五日後の十日の朝だった。

北町奉行所同心蔵間源之助《くらまげんのすけ》は善太郎の訪問を受けた。

背は高くはないががっしりした身体、日に焼けた浅黒い顔、男前とは程遠いいかつい面差し、一見して近寄りがたい男だ。そんな源之助には不似合いな役職を担っている。

両御組姓名掛《りようおんくみせいめいがかり》。南北町奉行所の与力、同心の名簿を作成することを役目としている。与力、同心たちや身内の素性を記録する。赤ん坊が産まれたり、死者が出たり、嫁を迎えたりする都度、それを記録していく。強面《こわもて》の源之助にはおおよそ不似合いな至って平穏な職務である。はっきり言って閑職だ。それが証拠に南北町奉行所を通じて源之助ただ一人ということがそのことを如実に物語っていた。

居眠り番、と陰口を叩かれる所以《ゆえん》である。

このため、奉行所の建屋内にあるわけではなく、土蔵の一つを間借りしている。板敷きの真ん中に畳を二畳敷き文机《ふづくえ》や火鉢を置き、周囲に書棚が並べられている。書棚には名簿が北町、南町に区分けして収納してあった。

「まあ、入れ」

源之助は上機嫌で中に入るよう促した。善太郎は手拭で顔といわず、首筋や二の腕から滴る汗を拭いながら腰を屈め入って来た。

かつて、善太郎は博打《ばくち》に身を持ち崩していた。やくざ者とつるみ、放蕩の日々を送っていたのだ。善太郎の父善右衛門から相談を受け、源之助はやくざ者の巣窟《そうくつ》から善太郎を連れ戻し、以来、更生の道を歩ませた。今では、杵屋の跡取りとして立派に商いをしている。

「相変わらず、汗にまみれて働いておるな。いや、感心、感心」

源之助はにこやかに語りかける。

「夏は暑くないといけませんよ」

「前向きな物言いをするようになったではないか」

挨拶を交わしながら一体どうしたんだという思いを目に込めた。

「実は、ちょっと、気になることがありまして……。米沢町三丁目の長屋に住むお久さんというお方なんです。いえ、懸想《けそう》したってことじゃないですよ。なにせ、亭主持ちなんですから。その、お久さんなんですがね」

五日前に腹痛を起こし困っていた善太郎を親切にしてくれたことを語った。

「行きずりの者に薬までくれるとは、今時珍しい奇特な女房だな」

「そうなんですよ。それで、昨日、米沢町に商いに行った時に立ち寄ったんです。あの辺りのお旗本で柳原さまの御屋敷にお出入りが叶わないかと思いましてね。で、立ち寄りましたら、お久さんのご亭主……。亡くなったんだそうです」

「ほう……」

さすがに人が死んだと聞けば、聞き捨てにはできない。

「三日前、七日の晩、そう、嵐があった晩ですよ。その日の夕暮れ行商先の会津《あいづ》から戻って来なすって、夜になって湯屋に行くと出て行ったきり、戻ってこず、そうこうするうちに嵐が襲来しましてね」

朝になって大川端の河岸に土左衛門《どざえもん》になって見つかったのだそうだ。

「なんだって、嵐がくるという晩に湯屋なんぞに出かけたのだ」

「旅の垢《あか》を落としたいってことだったそうなんですがね」

善太郎はしんみりとなった。

「気の毒な話とは思うが、どうしてわたしの所にまいったのだ」

「お久さん、旦那さん、吉次さんとおっしゃるんですがね、吉次さんのこと、よくわからないって、心を痛めてらっしゃるんですよ」

「自分の亭主なんだろう」

「亡くなって、吉次さんの実家に知らせたんだそうですが、その実家というのが、聞いていた所にそんな家はなくって、教えられた兄弟もいないっていうんです」

「祝言を挙げた時に相手の身内も出席したのではないのか」

「いたそうです。今住んでいる長屋の近くにある蕎麦屋の二階で祝言を挙げたそうなんですがね、その場にはちゃんと、吉次さんの両親や兄弟、親戚が出席して紹介もされたそうなんです。お久さんは早くに二親《ふたおや》を亡くし、親戚の叔父さん夫婦だけが出席してくれたそうなんですが、一度に身内が増えたようだと心強く思ったそうなんですよ」

ところが紹介された身内、親戚は一人として所在が摑めないという。

吉次とはお久が女中奉公していた日本橋本町《ほんちょう》にある薬種問屋富士屋《ふじや》の主治三郎《じさぶろう》が

間に入って結ばれた。吉次は富士屋に出入りする行商人の一人だった。

「夫婦になって、一年余り、吉次さんは行商人としてほとんど家におらずの暮らしであったそうです。それで、一体、吉次さんというお人が何者なのかと、怖くなったそうで……」

話は思いがけない方向へと向かいそうだ。永年定町廻《じょうまちまわ》りとして様々な事件に遭遇してきた源之助の勘が告げている。ごく自然と表情が引き締まる。いかつい顔が際立った。

「吉次の死因はなんだ」

「足を滑らせて大川の濁流に呑まれたというんですから、溺れ死んだってことなんですがね……」

善太郎の奥歯に物が挟まったような物言いは、善太郎が吉次の死に疑問を抱いている、もっと言えば、殺されたのではないかという疑いを物語っていた。

「おまえ、吉次の死を疑っているのか」

「まあ……そうなんで。でも、あたしばかりか、お久さんも同じ思いのようなんですよ」

と、ここで、

戸口に女が立った。それがお久であることは善太郎がうなずいたのでわかった。予《あらかじ》め、示し合わせていたのだろう。

「失礼します」

「お久さん、中へお入り」

善太郎は目で源之助の許可を得るとお久を中に入れた。

「蔵間源之助さまです。きっと、お久さんの力になってくれますよ。ご亭主の死や、ご亭主の人となりを探ってくださいます」

善太郎に言われ、お久はおずおずと頭を下げ、

「このたびはご面倒をおかけします」

「いや、まだ、引き受けると決めたわけではない」

そう答えたものの、善太郎が両手を合わせて拝み、お久の訴えかけるような眼差しを見ると、拒絶することはできなかった。それに、探索心が疼《うず》いてもいる。とにかく暇を持て余しているのだ。暇潰しと言えば、お久には気の毒だし不謹慎だが、引き受けてもいいという気に傾いている。

居眠り番に左遷されてからも、源之助の辣腕《らつわん》ぶりを買われて様々な御用を依頼されてきた。奉行所とは関わりなく、源之助一人の裁量で事件を探索し、落着に導く。

影御用。

そう呼んで行う源之助独自の探索。それは八丁堀同心としての源之助の意地と誇りをかけた御用であり、生き甲斐である。

「亭主の死、奉行所ではなんと申しておるのだ」

「お調べになったのは南の御奉行所でございますが、吉次は溺れたということですまされました。わたしは、お取り調べ直しを願い出たのですが、お聞き届けにはなりませんでした」

南町の取り調べが怠慢ということではない。

外傷が見当たらない以上、溺れ死にとして処理するのが当たり前だ。

「ですけど、わたしにはどうしても信じられなくて。いえ、あの人のことがわからなくなって、なんだか、あの人、とっても怖い顔を持っていたんじゃないかって……」

「どんな顔を持っていたと思うのだ」

「それは……」

言い淀むお久を目で促す。善太郎にも思っている様を正直に申し上げたらと言われ、

「わかりませんけど、盗人《ぬすっと》とか……」

お久は自分が悪いことでもしているようにぎこちない態度を取った。亭主を信用し

たいという気持ちに反して、それ以上の恐怖心にさいなまれているようだ。

二

「盗人なあ」

源之助はしばしば言葉を止めた。薬の行商人、ほとんど家にいない、身内や親戚の所在は不明……。不審なことが多すぎる。お久ならずとも、不安になるだろう。

「なるほど、盗人ですか。これは、ひょっとして、ひょっとするかもしれませんよ。日本全国を股にかけた盗人だ」

善太郎は興奮で声を上《うわ》ずらせたが、お久の気持ちを逆撫でしたと悔いたようでぺこりと頭を下げた。

「やはり、そうでしょうか」

お久は善太郎に賛成されたことで恐怖心を募《つの》らせたようだ。

「早計には結論づけられん」

源之助はまず釘を刺しておいた。

「じゃあ、どういうことでしょうか」

善太郎は疑念を深めたようだ。

「まず、吉次の死について、きちんと洗う必要があるな」

大いに好奇心が募ってきた。


その日の夕暮れ、源之助は八丁堀《はっちょうぼり》、越中橋《えっちゅうばし》の袂《たもと》にある縄暖簾《なわのれん》にいた。

小上がりになった入れ込みの座敷にあって、一人ぽつねんと座るその姿は、白衣帯刀、小銀杏《こいちょう》に結った髷《まげ》という八丁堀同心特有の身形《みなり》、浅黒く日に焼けたいかつい顔と相まって、近づきがたい雰囲気を醸し出している。

待つことしばし、勢いよく暖簾が揺れ、ずかずかと入って来たのがこれまた八丁堀同心である。

「よお、親父殿」

男は右手を上げた。真っ黒に日焼けした顔の中に気の強そうな両眼の白さが目立っている。身体もがっしりと逞しい。

「親父殿はないぞ」

源之助は顔をしかめる。この男、南町奉行所定町廻り同心矢作兵庫助《やはぎひょうごのすけ》、二十六歳。南町きっての暴れん坊として知られ、この秋、源之助の息子源太郎《げんたろう》と矢作の妹美津《みつ》が祝言を挙げることになっている。矢作が源之助を親父殿と呼ぶのはこうしたことを踏まえてのことだ。

「まあ、いいじゃないか」

矢作は源之助の前にどっかとあぐらをかくと酒を注文した。絽《ろ》の夏羽織を脱ぎ、

「暑い、暑い」とぼやきながら手拭で顔や首筋を拭う。

「相変わらず忙しそうだな」

羨ましくなった。自分もかつては矢作のように真夏の炎天下だろうと、凍《い》てつくような真冬の明け方だろうと、御用とあらば駆けずり回っていたのだ。

「定町廻りは年柄年中、忙しゅうござるよ。ところで、親父殿から酒のお誘いとは珍しい」

矢作は訝《いぶか》しみながらもうれしそうである。

「まあ、一杯飲んでくれ」

源之助は一旦銚子を持ち上げたものの、

「おお、すまん、すまん、うっかりしておった」

と、調理場に湯呑を要求した。矢作という男、見かけ通り酒は笊《ざる》。まさにうわばみだ。猪口《ちょこ》ではとてものこと間に合わない。すぐに大ぶりの湯呑が運ばれ、矢作が手に

持ったところで源之助は並々と注ぐ。矢作は、「それでは」と口を持って行き、こぼれそうな酒を啜り上げると右手で持ち上げ、くいくいと咽喉《のど》を鳴らしながら一息に飲み干した。見ていて気持ちがいいほどだ。

「役目が終わってからの酒は実に美味いなあ」

矢作は喜色満面である。二杯目の酌をしようとしたところで、手酌で湯呑を満たした。それから、

「ところで」

と、視線を向けてくる。

「お忙しい矢作殿にお足労を頂いたのは、三日前に大川端で打ち上がった土左衛門のことだ」

矢作は湯呑を置き視線を天井に向けた。

「ああ、あの土左衛門か。確か、薬の行商をやっている男だった。女房が亡骸《なきがら》を検《あらた》めたと同僚から聞いた。嵐がくるって晩に湯屋へ行き、その帰りに足を滑らせたようだ。湯屋だって閉まっていたんだ」

矢作は再び湯呑に口をつけた。

「特別、不審な点はなかったのだな」

「不審な点はなかったなあ。どうして親父殿はその土左衛門……」

「吉次という男だ」

「親父殿は吉次の死に不審でも抱いているのか」

源之助はお久の訴えを語った。矢作の顔がみるみる締まってゆく。

「なるほど、それはいかにも首を突っ込みたくなるような話だな」

「盗人ということ、言われてみれば、なるほどと思える」

源之助は猪口を口に運んだ。

「それもそうかもしれん。ならば、吉次の溺れ死にを調べた同僚に話を聞いてみよう」

「面倒かける」

「なに、おやすいごようだ。それより、親父殿、相変わらず、例の雪駄を履いているのか」

矢作はおかしそうに肩を揺すった。

「悪いか」

源之助はいかつい顔を突き出した。

「悪くはないさ。親父殿らしくていい。だが、この暑さだ。意地を張り通すのも考えものだぞ」

言いながら矢作は小上がりを下り、源之助が履いて来た雪駄を自分でも履いた。

「うん、履き心地はいいな。それでも、これで、この炎天下を歩くのか」

「そうさ」

年寄扱いするなという不満を声に込める。

この雪駄、善太郎の父善右衛門に頼んで特別にあつらえたものだ。雪駄の底に薄く伸ばした鉛の板を仕込んでいる。定町廻りであった頃、捕物や罪人捕縛の際に武器として活用しようと思っての工夫だった。居眠り番に左遷されてからは無用の長物《ちょうぶつ》と化してはいるが、この雪駄を履かなくなったら八丁堀同心ではなくなるという気がして、今でも履き通している。

「いや、それでこそ蔵間源之助だ」

矢作は言うと大きな声で笑った。


それから三日が過ぎた水無月の十三日。

源之助に仕事ができた。仕事ができたとはおかしなものだが、両御組姓名掛本来の仕事である。南町奉行所の同心若杉《わかすぎ》譲吉《じょうきち》が死んだというのだ。

八丁堀の組屋敷へ足を運んだ。葬儀はすみ、未亡人となった梅之《うめの》と対面をし、一通りの悔やみを言い、屋敷を後にした。すると、門前で矢作が待っている。

「若杉さん、気の毒なことをしたな。突然の病だったというではないか。四十二か。わたしより三つ下だ」

若杉は両国の湯屋の二階で休んでいた時に眠るように死んだのだという。

「町廻りの途中だったとか。この暑さだ。湯に入りたくもなるな」

源之助は空を見上げた。

青空はどこまでも抜けるようで、雲一つない。ぎらぎらとした日輪が降り注ぎ、まさしく、身を焦がされるようだ。

「それもそうだ」

矢作は言ったもののそれはどこか不審めいていた。

「どうした」

「若杉さん、生真面目な人だったんだ」

「町廻りの最中に湯屋へ行くのは別段、不謹慎とは思わぬぞ」

「そうじゃない」

矢作はここで一旦、言葉を止めた。それから源之助の目をじっと見て、

「若杉さんが亡くなった湯屋、吉次の家の近所なのだ」

「ほう」

源之助も声の調子を落とした。

「偶々《たまたま》とは思えぬ。何せ、若杉さん、吉次の一件を担当したのだからな」

「若杉さんは両国辺りを廻っていたから、吉次の件も担当したし、その湯屋へも行ったと考えられなくもない」

源之助は慎重な姿勢を示した。

「奉行所の見解もそうだ。第一、若杉さんの死に不審な点はない。ところが、若杉さん、どうも、吉次の死に疑問を抱き、秘かに調べていたらしいんだ」

矢作は縄暖簾で源之助から吉次の一件のことを聞いてから若杉にそのことを聞いたのだという。ところが、若杉はそれには何も答えなかったという。

「若杉さんの癖というかやり方だったんだ。誰にも何も言わず、自分でこつこつと取り調べを行い手柄を挙げるんだ。若杉さんは妙に鼻の利くところがあって、普段はぼうっとしているんだが、これと鼻が利いた一件は絶対に逃がさない凄腕だった。いやあ、本当にすごい人だった」

矢作は先輩同心の死を惜しむかのように歯嚙みした。それから悔しげに、

「若杉さんの死を取り調べたいところなんだが、あいにくと、別の一件で手一杯だし、奉行所としては若杉さんの死はあくまで病死としているから、おれには、妙な勘繰りはやめろと与力さまがきつく言ったところだ」

「南町の暴れん坊としては引く気はしないのだろう」

「そうだとも。だから、本当はおれの手で調べたいんだが」

「わかった。任しておけ。元々、吉次の一件を持ち出したのはわたしだからな」

源之助はにんまりとした。

「親父殿、うれしそうだな。探索の虫が疼《うず》いたのか」

言っている矢作も楽しげだ。

「疼くだと……。それどころか、びんびん鳴っている。まこと、蟬のようにな」

辺りを覆う蟬しぐれを源之助はうれしそうに見上げた。

「うらやましいな」

「おまえだって、毎日、生き生きと過ごしているんではないか」

「そうでもない。これでも、奉行所の秩序に縛られて不自由な思いをしているさ」

「おまえらしくもない」

「妹が嫁ぐまではな」

「そうくるか。そうだ、おまえの嫁取りはどうなのだ」

「おれはいいさ」

矢作は照れたのか横を向いた。

「真面目に考えろ、二十六歳、決して若くはないぞ」

「わかった。親父殿の忠告、受けておく」

矢作は冗談とも本気ともつかない言い方をしてその場を立ち去った。

三

その足で両国西小路にある湯屋富士《ふじ》の湯へとやって来た。

なんのことはない平凡な湯屋である。出入り口には弓の弦の矢を番《つが》える形をした看板が掲げられている。「弓入る」を「湯入る」に引っかけた江戸っ子の駄洒落《だじゃれ》だ。

ひと風呂浴びたくなったが、まずは、探索だと思い直す。湯屋番に責任者を聞くと、角太郎《かくたろう》という男で二階にいるという。源之助は二階へと上がった。湯屋の二階は風呂を浴びてきた客の憩の場であると同時に社交の場でもあった。湯銭六文の他に座敷料十六文を払えば、いつまでも居られる。草双紙《くさぞうし》を読む者、囲碁や将棋に高《こう》じる者、みな、思い思いの過ごし方をしていた。中には女湯を覗く不届き者もいる。

源之助が二階に上がると、女湯を覗いていた連中があわてて隅に歩き去る。

「角太郎はいるか」

いかつい顔をした八丁堀同心に声をかけられ、寝そべって按摩《あんま》に腰を揉まれていた男が、

「へい」

と、顔を向けてきた。

「ちと、話を聞きたい」

源之助に言われ、身を起こすと座り直した。源之助は角太郎の前にあぐらをかいた。歳の頃、四十半ば、ひょろっとしたどこにでもいそうな中年男である。

「北町の蔵間と申す」

素性を明らかにしてから、三日前ここで命を落とした若杉について聞きたいことを申し出た。

「それは、お役人さまにお話をしましたが」

角太郎はいぶかしげだ。源之助が北町奉行所の同心だと名乗ったことを思い出したのか、

「若杉さまは南の御奉行所でいらっしゃいましたよね」

「あくまで私的な思いでやって来た」

「何か、ご不審な点でもございますか」

「いや、そういうわけではない。わたしは若杉さんとは懇意にしておったのでな、最期のご様子など聞きたいと思ってやって来たのだ」

ごく自然な物言いをした。角太郎はそれで納得したのか、

「お気の毒なことをしました」

と、悔やみの言葉を並べてから若杉の様子を話した。若杉は三日前の夕暮れ、湯屋にやって来たという。

「湯に入られ、二階で休んでいられたのです。ひどく、お疲れのご様子でしたので」

ちらっと按摩を見た。按摩は不自由な目でありながら、二人のやり取りを聞いて察したのか、それとも勘が鋭いのか、源之助に向いて、

「あたしが、お腰を揉ませてもらったんです」

と、言った。

「竹《たけ》の市《いち》さんといいましてね、うちにいつも来てくれているんですよ」

角太郎は言った。竹の市は頭を丸め、閉じた両目の目じりが下がっている。それは、

まこと人の好さを感じさせる。

「それで、若杉さま、しばらく休んでいかれたのですが、そうですね、一時もおられたでしょうか」

角太郎は若杉がぐっすり寝入っていると思っていたが、身動《みじろ》ぎ一つしないことに不審を抱き、

「何度かお呼びしたんですが、御返事がございません。それで、身体を揺すぶったところ」

冷たくなっていたという。

「まったく、御気の毒なことになりまして」

「按摩をした時、何か気がつかなかったのか」

「大変に肩が凝っておられ、腰も張っておられました。揉んで差し上げますと、気持ちよさそうにされて」

おそらく若杉は一日、足を棒にして歩き回ったのだろう。

「ところで、吉次という行商人を知っておるか」

角太郎に聞いた。

「はて」

　角太郎は首を傾げるばかりだ。

「江戸を留守にして他国に行商を行っておるので、滅多には来ぬだろうが、この近所に住んでいる者だ。六日前、嵐の夜にやって来たそうだがな」

「あの日は閉じておりましたので」

「そうだろうな」

　言いながら辺りを見回す。みな、源之助に関わるのを恐れているのか、素知らぬ顔で各々の楽しみに没頭していた。

「若杉さまの御様子、おわかりいただけましたか」

　角太郎が問いかけてきた。

「まあ、大体はわかった」

　言ってから腰を上げようとした。

「よろしかったら、按摩でも」

　竹の市が膝を進めてきた。

「そうだな……」

　一瞬誘惑にかられたが、

「いや、やめておく」

と、立ち上がった。

「この暑いのに、御役目ご苦労さまです」

「役目ではない」

「そうでしたね。ですが、わざわざ足を運んでくださったのです。いかがでございましょう。湯など浴びられては」

「それはまたな」

断りを入れてから階段を下り外に出た。

夕陽が差し、辺りは暮れなずんでいる。

ようやく涼が感じられる。今年の夏は好調だ。疲れを感じない。ここ数年にないくらいに気力体力共に充実している。自分でも不思議なくらいだ。

「まだまだ、やれるぞ」

自分を誉めてやりたくなった。

せっかくここまで来たのだから、お久の家に向かうことにした。

お久の住む長屋は米沢町三丁目で富士の湯のすぐ裏手にある。近所に聞くと長屋の通称は富士店《ふじだな》というそうで、その名もそのはず、日本橋本町にある薬種問屋富士屋、すなわち、吉次が出入りしていた薬種問屋の持ち物の長屋である。ついでに、富士の湯も富士屋の持ち物であるとわかった。

木戸を潜ると、長屋はまだ真新しい。九尺二間の棟割長屋とその倍の大きさの割長屋が路地を挟んで向かい合っていた。路地に敷かれた溝板《どぶ》も真新しく、日当たりがいいせいで明るく清潔な雰囲気だ。木戸を入ってすぐ右に大家である慎太《しんた》が住んでいた。まずはお久である。

お久の家は右側に建つ棟割長屋の中ほどである。

腰高障子の前に立ち、

「御免」

と、呼ばわる。すぐにお久が出て来た。源之助を見てよくぞお出でくださいましたと中に入れられた。中はきれいに整理整頓がなされ、隅にある木箱には吉次の位牌が備えてあった。源之助は位牌の前に座りそっと両手を合わせる。それから、お久に向き直り、少ないが、と一分金を紙に包んでお久に渡す。

「あれから、親戚や身内、あるいは、誰か尋ねては来ぬのか」

「はい、誰も」

お久は目を伏せた。

「実はな、吉次の一件を調べていた同心がいる」

お久の目は期待に輝いた。その表情を見れば胸が痛んだが、事実は告げねばならない。

「それが、死んだ」

「ええっ」

「富士の湯でな」

と、若杉が死んだ経緯をかいつまんで話した。

「若杉さまというお役人さまは、もしかして殺されたのですか」

「死んだ時の様子はそうではなかった。南町も病死と断定した」

「では、うちの人が死んで間もなく亡くなったというのは偶然ということでしょうか」

「今のところはな」

お久は複雑な表情を浮かべるに留めた。

「ところで、暮らしは立っておるのか」

「今日も口入屋《くちいれや》さんに奉公先を探しに行ったところです」

お久はどこかに奉公の口を求めているという。

「もっとも、あの人がいくらかの銭を残しておいてくれたので、すぐに暮らしに困るということはないのですが」

「そうだ。吉次は薬種問屋から薬を卸してもらって行商に出かけたのだろう」

「本町にございます、富士屋さんという薬種問屋です。ああ、そうです。富士屋さんからは番頭さんが弔問《ちょうもん》に来てくださいまして、いくらかのお金をくださいました」

「そうか、では、吉次が富士屋に出入りしていたことは本当のことだったのだな」

「そのようです」

お久は声を潜めた。

「だったら、まっとうな薬の行商人であったのではないのか」

「そうだといいのですが」

お久は未だ不安そうだ。

「まだ、納得できないようだな」

「はい」

お久にすれば、吉次との暮らしをしていきたいと心から願っていたようだ。いくら、謎めいた男でも自分の亭主となった男なのだ。その男のことを自分は何も知らずに失ってしまった。だから、自分の中で整理がついていないのだろう。

「わたし」

お久は顔を上げた。

「どうした」

問い返す源之助に、

「わたし、身籠りました」

「ほう……」

「あの人の子がお腹にいるんです」

お久は腹をそっとさすった。

「昨日、お産婆さんに診てもらったのです。三月《みつき》だということです」

「そうか、それは……」

それはよかったと言うことには躊躇《ためら》われる。

「わたし、産んでもいいのでしょうか」

お久は言った。

四

「お腹の子が、盗人の子だとしたら」

　お久の悩みは最早《もはや》、単なる心配ごとではすまなくなっている。これには百戦錬磨の源之助とても迂闊《うかつ》には返事をできない。だが、お久の苦しみを思えば突き放すこともできない。

「吉次が盗人と決まったわけではない。むしろ、そうではないと考えるべきだ。とにかく、お腹の中の子供には罪はない。今は、身体を大事にせよ。無理して奉公することはなかろう」

「はい」

　お久の力強い返事がうれしい。

　と、その時腰高障子に人の影が映った。影は家の中にお久一人ではないことを気にしたようだ。入るのを躊躇《ためら》っている。

「ならば、わたしは、これで。くれぐれも身体をいとえ」

　と、腰を上げた。お久は源之助を表まで送ろうと立ち上がった。腰高障子を開けた

ところで、

「番頭さん」

と、お久は声をかけた。それから源之助に向かって、

「富士屋の番頭さんです」

番頭は源之助を八丁堀同心と見てとって、

「富士屋の番頭で与三《よぞう》と申します」

と、頭を下げた。

お久が目で与三の話を聞くよう訴えてくる。

「丁度、いい、これから富士屋に行こうと思っていたところだ」

源之助は家の中に戻った。与三も入る。

「いや、その」

与三はすっかり戸惑っている。訪ねて来てまさか八丁堀同心がいるとは思っていなかったのだろう。それでも、今更、引き返すわけにはいかないと思ったのか、にこやかな顔になって、

「いやあ、暑うございますな」

などと挨拶をしてきた。

「お役人さま、お話とは」

「まずは、そなたの用件をすませたらいいだろう」

源之助は返した。

「大したことはございませんので」

与三は躊躇いを示した。その隠し立てをするような素振りはなんとも気にかかる。

「それとも、わたしが居ては不都合かな」

わざと意地悪な物言いをした。

「とんでもございません」

与三は満面に笑みを広げた。それから、お久に向かって、

「いえね、大したことではないんだ。その、帳面……。吉次さんがつけていた帳面をね、ちょいとお借りできないかと思ってね」

与三が言うには、吉次の商いの具合を掌握し、後の者に引き継がせたいのだという。

「なにしろ、突然の不幸だったからね。お内儀さんが辛いのはわかるけど、うちとしても、今後の商いがあるんだ。それに、お客さまには迷惑はかけられない。引き継がせる者にわかるような物が欲しいんだ」

なるほど、もっともな話である。

「そうなんだ。吉次さんはとても几帳面で筆まめなお人だったからね、行き先々のお客さまについてきちんと書いているはずなんだよ」

「帳面ですか」

「ちょっと、待ってくださいね」

お久は立ち上がると、部屋の隅にあった行李《こうり》を開けた。そこには、縞柄の単衣に道中合羽、手甲脚絆《てっこうきゃはん》がきれいに仕舞われている。もう一つの行李には煙管《きせる》や矢立《やたて》に混じり、なるほど帳面があった。横目に映る与三が目を輝かせるのがわかった。お久はぺらぺらと捲っている。それを、与三が手を伸ばそうとした。それを制して、手を伸ばす。

「どれ、吉次がどんな商いをしていたのか、いささか興味が湧くな」

と、源之助は帳面を取った。与三は表情を消しているが、なんと決まりの悪そうな顔になっている。なるほど几帳面な男であったようで、きちんとした文字が並んでいる。行く先々で泊まった宿場町、それに、立ち寄った庄屋や大店などが書き記されていた。そこに、どんな薬をどれだけ売ったのかも細大漏らさず書いてある。

「なるほど、これは、お久、おまえの亭主は働き者であったようだぞ」

お久に言う。それから帳面を与三に渡した。与三は両手で押し戴くようにして受け

取り、

「本当によくやってくれました」

　と、しんみりとなった。

「この帳面で吉次の働きぶりはよくわかる。その通りだったのだな」

「もう、手前どもにとりましては、奥州道中は吉次さんのお蔭でずいぶんと商いが広がったのでございます」

「なるほどな。源平合戦の世に源《みなもとの》義経《よしつね》を奥州へ案内したのは金売《かねう》り吉次だそうだが、その名の通りやり手の商人であったと思えるな」

「まことでございます。でも、手前ども、吉次さんをすっかり頼りまして、今にして思いますれば、お内儀さんにはさぞかし、お寂しい思いをさせてしまったのではないかと、ここに参ります前、主人の治三郎とも話してきたところなのでございます」

　お久の睫毛《まつげ》が悲しげに揺れた。与三は、

「では、これは預らせてもらいますからね。ちゃんと返しますから、なにせ、吉次さんの形見なんだから」

　と、腰を上げた。

「なんのお構いもできませんで」

お久の見送りを丁寧に断って与三はそそくさと出て行った。

「蔵間さま、わたし……」

お久は涙ぐんだ。

「吉次、しっかりと薬の行商をやっておったではないか」

「その通りでございました。それをわたしったら、盗人だなんて疑ったりして、なんてひどいことを」

お久は言うや位牌に向かって両手を合わせた。

「丈夫な子を産め」

「おまえのおとっつあんは立派な商人だったんだって。おまえも、立派な行商人になれって、あら、いやだ。まだ、男の子だと決まったわけではないのですね」

お久は喜びを広げた。

すると、その顔がわずかに曇った。

「でも、なんだって、あんな嵐の晩に湯屋へなんか行ったんでしょう。しかも、その帰りに大川なんかに行くなんて」

確かにその通りだ。そもそもの疑問の原点に立ち返ったところだ。

「それは、わからぬがな。そう、深く考えることはないだろう」

そう言ったものの、それは源之助の胸にも大きく横たわっている疑問だ。

「では、これでな」

ともかく、今日のところは帰ろう。そう思い源之助はお久の家を出た。すると、源之助は視線を感じた。長屋の住人たちの目だ。それは八丁堀同心を警戒するものとはどこか違う、薄ら寒さのようなものを感じた。

なんだ、この長屋は。

そう思った時、木戸近くの家から一人の男が出て来た。大家であろう。

「ご苦労さまでございます」

大家は慎太と名乗った。

「お久さんの所へ寄っておられたのですか」

「そうだが、それが何か」

「いえ、最近に御亭主を亡くされたので、わたしどもも気がかりであったのです」

慎太はにこやかに言った。

「吉次、滅多に家に帰らなかったそうだが」

「でも、お久さんはけなげに働いておられ、長屋にも溶け込んでおられますよ」

「ここは、薬種問屋富士屋が地主なのだな」

「おっしゃる通りです」

「まだ、新しいようだが、できてどれくらいだ」

「二年ほどでしょうか。三年前にここら辺りが火事で焼けてしまいましたので、その後を富士屋さんが買い取られて長屋にされたのですよ。わたしも、以前は富士屋で働いておったのです」

「そういうことか」

「まこと、富士屋の旦那さまは情け深いお方でして、住人のことを大変に大事になすってくださいます」

慎太は胸を張って見せた。

「そうか、ま、お久のこと、面倒をみてやってくれ」

源之助は言うと、木戸を潜った。

――妙だ――

何が妙なのかはわからないが、そんな気がしてならなかった。

第二章 風神一味

一

源之助は八丁堀の組屋敷に戻った。

「お帰りなさいませ」

と、明るく挨拶をしてきたのは妻久恵《ひさえ》ではない。矢作の妹美津である。美津は弾けるような笑顔を広げ源之助を迎えてくれた。結納《ゆいのう》を交わしたとはいえ、嫁いでくるのは秋だ。思いもかけない出迎えについまごついてしまう。

「お刀をお預かり致します」

美津の方は屈託《くったく》がない。源之助は大刀を鞘ごと抜いて美津に預けた。

「お疲れさまです」

美津は源之助の後ろを歩いた。軽くうなずき、廊下を奥に進み庭に面した居間に入った。居間で待っていた久恵が、

「美津さんが、これを届けてくれたのですよ」

と、重箱を示した。そこには、黒豆の煮つけや菜のお浸し、それに玉子焼きが彩りよく詰めてあった。

「これは美味そうだ」

「兄は呑兵衛《のんべえ》ですから、味付けがしょっぱくなってしまっているかもしれません」

美津の気遣いがうれしい。

「源太郎はどうした」

「今晩は宿直《とのい》だそうですよ」

久恵ではなく美津が答えた。源之助と久恵の視線が集まり、美津は恥じ入るように目を伏せる。それから、

「では、これで、失礼します」

と、頭を下げた。源之助は引き止めようと思ったが、嫁入り前の娘に長居をさせるわけにはいかないと思い直して挨拶をするに留めた。

美津が出て行ってから、

「美津さん、お料理がとてもお上手ですよ。それに、てきぱきとして」

久恵は美津が台所を手伝ってくれたことをうれしそうに語った。その顔には言葉にはせずとも、よい娘が嫁にくるとの喜びが満ち溢れていた。

「源太郎には勿体《もったい》ないな。いや、そうではないか。よき嫁を迎えれば、それに相応《ふさわ》しい働きをすればいいのだからな」

源之助は言いながら、重箱に詰められた黒豆を箸で摘まんだ。夕陽を受け、艶やかな輝きを帯び見るからに食欲をそそる。口に含んでみると、硬過ぎず、柔らか過ぎず、ほどよい口当たりで、嚙むと煮汁の甘味が舌に染み通ってきた。

「確かに料理上手だ」

「お身体をいとうてください」

「今年の夏は過しやすいな」

「そうでしょうか。ひときわ暑いと評判ですけど」

その夏を快調に乗り切ることができると思うと、己が体力を誇りたくなった。

明くる十四日、目覚めると庭先が騒がしい。聞くともなく耳に入ってくる言葉は、

「この辺りでよろしいですかね」

などという男の声で久恵が応対している。

「なんの騒ぎだ」

呟きながら寝間着を脱ぎ、身支度を整える。寝間から出て縁側に立った。印半纏《しるしばんてん》を着た男が三人源之助を見上げて頭を下げた。

そうだった。

美津が嫁入りしてくるため、庭に離れ家を造るつもりだったのだ。

「お世話になります」

棟梁《とうりょう》が頭を下げた。

「いや、世話になるのは、こっちだ」

「いいもん、造りますんでね」

「頼むぞ」

源之助は言いながら、居間へと向かった。夏を乗り切れば、蔵間家は新しい暮らしが待っているのだ。

奉行所には出仕をせず、日本橋本町一丁目にある薬種問屋富士屋へと足を向けた。この辺りは薬種問屋が軒を連ね、漢方薬の匂いが漂っている。病気知らずの源之助はそれこそ匂いを嗅いだだけで、患《わずら》ったような気分になってしまう。富士屋は問屋街の一番端にあった。老舗や大店が多い中にあっては間口五間余りの小ぢんまりとした店構えで、しかも新しい。なんでも、主人治三郎が行商人から身を起こして、一代で築いたそうだ。

屋根瓦が陽光を受け眩しく輝き、紺地の暖簾には富士山が描かれている。店先には水が撒かれ、濃厚な土の匂いを立ち昇らせていた。

暖簾を潜ったところで、帳場机に座っていた与三と目が合った。与三は笑顔を広げぺこりと頭を下げた。

「なに、近くまで来たのでな。食あたりの薬でもと思って立ち寄ったのだが、小売もしておるのか」

そう問いかけると、

「どうぞ、どうぞ、お上がりください」

と、店に上げられた。

十五畳ほどの広さの店内には薬種の詰まった箱が並べられているものの、客は見当たらない。源之助の視線を気にしてか与三が、

「卸売りがほとんどでございまして」

なるほど、出入りしているのは絣《かすり》の着物の裾をからげ、振り分け行李を肩に担ぎ、手甲脚絆といった行商人たちである。

「行商が多いのか」

「はい、手前どもは行商で成り立っております。わたしも主人の治三郎も……」

と、言った時帳場机の背後にかけてある暖簾が揺れた。髪の毛も眉も真っ白の男が入って来た。

「主人の治三郎でございます」

与三が紹介した。それから治三郎に向かって、

「昨日、吉次さんのお宅で……」

と、ひそひそと耳打ちをする。治三郎は納得したように手を打ち二度三度首を縦に振ってから、

「ようこそ、お出でくださいました」

「歳のせいか、毎年夏になると食あたりをしてな。特に今年の夏は厳しいと聞く。それで、よい薬がないかと、訪ねてみた次第だ」

「そうですか、そうですか」

治三郎はにこやかに答えると箱の中から金精丸という薬を取り出した。

「これなどは評判でございます」

「では、それを貰う。いかほどだ」

「お代は結構でございます」

「そんなわけにはまいらん」

源之助はいくらかの銭を置いた。それからおもむろに、

「昨日、番頭から聞いたのだが、吉次という男、相当に生真面目であったとか」

「それはもう大変よくやってくれました」

治三郎は大きくうなずく。

「惜しい人を亡くしました」

与三が言い添えた。

「今回は会津に行っておったとか」

「はい」

治三郎がうなずく。

「店には顔を出したのであろう」

「亡くなった日の夕暮れでした。ですから、今月の七日でございますね」

治三郎は確認を求めるように与三を見た。与三はそうですすと肯定する。

「その時の様子はいかがであった」

「普段通りでした。いつもながら、お得意をしっかり回ってくれ、新しいお得意も広げてくれたようです」

それはそうだろう。自害でも病死でもない限り、吉次に変化が見られることはない。それから治三郎は吉次の思い出話をしたが、腕のいい行商人というだけで特に不審な点はないようだ。

「わかった。邪魔をしたな」

源之助は言うと腰を上げた。

「いつでもお越しください」

与三に見送られながら店を出た。

神田司町《つかさちょう》にある京次《きょうじ》の家に立ち寄ることにした。

京次は源之助とは正反対のやさ男然とした男前だ。通称歌舞伎の京次の名が示すように元は中村座《なかむらざ》で役者修業をしていたが、性質《たち》の悪い客と喧嘩沙汰を起こし、役者をやめたのが十三年前のことだった。源之助が取り調べに当たった。口達者で人当たりもよく、肝《きも》も据わっている京次を気に入り岡っ引修業をさせ、八年前に手札《てふだ》を与えたのだ。京次は岡っ引の傍ら、常磐津《ときわず》の師匠をしているお峰《みね》の亭主となって食いつないでいる。
家に近づくと三味線の音色が聞こえる。複数の音が乱れがちなのは、稽古の最中で
あるようだ。開け放たれた格子戸から中を覗く。小上がりになった座敷で三味線を弾
くお峰と目が合った。お峰の前には何処《どこ》かの店の旦那といった様子の男たちが五人ば
かり、三味線の稽古にいそしんでいた。
「ちょいと、休憩しますね」
お峰は三味線を置き立ち上がると玄関まで歩いて来た。
「稽古中にすまなかったな」
「いえ、丁度、休もうとしていたところですから」
お峰は京次が既に出かけたことを言い添えた。予想していたことだ。正直に言えば、
京次に用事があるわけではなく、一休みしようと思っていたところである。玄関の式《しき》
台《だい》に腰を下ろしたところでお峰が気さくな調子で、
「冷たい麦湯を持って来ますね。それと、頂きもので申し訳ありませんが、西瓜《すいか》があ
るんですよ」
それはいいなと返事をしてから、

「京次、今日は何処へ行ったんだ」

「殺しだそうですよ」

疲れが吹っ飛んだ。殺しと聞いてのんびりと休んでなどいられない。

「何処だ」

つい、怒ったような口調となってしまった。お峰は動ずることもなく、

「両国の米沢町だそうですよ。殺されたのは女だそうです」

「米沢町……。女」

お久と結びつけるのは短絡的だが、嫌でも引っかかる。

「麦湯と西瓜はまた改めてな」

居ても立ってもいられない。

お峰の返事を待たずに源之助は京次の家を飛び出した。

二

米沢町の自身番にやって来た。両国西広小路に面して設けてある。

幸いにも曇天模様となり、日輪は雲に覆われていて陽光にさらされることはないも

のの、生暖かい風が吹き、蒸し暑いことどうしようもない。結局はじっとりと汗ばみながら自身番の腰高障子を開けた。

北町奉行所定町廻り同心牧村新之助《まきむらしんのすけ》と息子の源太郎、それに京次がいる。新之助は源之助が筆頭同心として定町廻りや臨時廻りを束ねていた時、特別に目をかけ指導してやった。新之助の方も源之助には恩を感じており、見習い修業している源太郎の面倒を見てくれている。

土間には筵《むしろ》を被せられた亡骸があった。

「父上……」

源太郎は突然源之助が現れたことに驚き口を半開きにしたが、じきに真顔になった。その表情には僅かながら不満の曇りがある。それは、定町廻りを外れた源之助が余計な口出しをするのではないかという警戒心を呼び起こしているからに他ならない。秋に祝言を控え、いつまでも半人前扱いされたくないと気負ってもいるのだろう。

「いや、ちょっとな」

汗を拭き拭き亡骸の素性を聞いた。京次が、

「今、確かめているんですがね」

と、言ったところで町役人が新之助の耳元で囁いた。新之助が源之助に、

「仏《ほとけ》が住んでいる長屋の大家が来たそうです」

「そうか」

腰高障子に目を向けると、やって来たのは富士店の大家慎太である。慎太は神妙な顔をしていたが、源之助に気がついた。それでも、亡骸を検めるのが先だと筵の傍らにしゃがみ込んだ。京次が筵を開ける。

女の無残な亡骸が現れた。お久ではない。

ひょっとして、お久ではないかという危機感に駆られていただけにほんの少しではあるがほっとする思いだ。

「お静《しず》さんです」

慎太は鎮痛な顔をして答えた。お静は両の目を大きく見開き、断末魔の形相を示していた。

「首を絞められたようですよ」

新之助が言う。

続いて状況説明を求めた。この近所に稲荷がある。逢引稲荷と綽名《あだな》されたその稲荷は鬱蒼《うっそう》とした樹木に覆われ、昼間でも薄暗いことから、男女の逢引に利用されているらしい。そこで逢引をしようとしていた男が、鳥居を入ったところにお静が倒れていたのを見つけたのだった。

新之助が慎太にお静の行動を確かめた。

「朝、早く、出て行くのを見ましたが、それからは」

慎太は首を捻るばかりだ。

「お静は何をしている。身内はいないのか」

「独り住まいです。ええっと、どこか料理屋に奉公していたと思いますけど、このところ、身体を病んだとかで、店はやめたと聞きましたね」

慎太は考え考え答えた。

「長屋での評判は」

「特には、いいとも悪いとも」

新之助は源太郎に向き、長屋と周囲を聞き込みするように言った。源太郎は即座に出かけた。自身番から出て行こうとした際、ちらっと源之助を見た目には、余計な口出しは無用に願いたいという願望が込められてあった。源之助はそれをいなすようにして知らぬ顔を決め込んだ。

「ちと、この長屋に住まうお久という女の相談に乗っていたのでな」

源之助は新之助に簡単に経緯を語った。

「蔵間さまらしいですね」

「なんの因果か、面倒事に巻き込まれるのは性分のようだ」

つい、笑ってしまった。

「ともかく、殺しが起きたからには我らで取り調べは行います」

「むろん、わたしは口出しをするつもりはない」

源之助が顔をしかめると、

「いえ、別段、迷惑だと申しておるのではないのです」

取り繕うように新之助は返す。

「早く下手人を挙げてやれ。それが仏への供養だ」

京次と新之助は改めてお静の遺骸に両手を合わせてから自身番を出て行った。お静は富士店で弔いが行われることになった。慎太と町役人が亡骸を運ぶ段取りを相談し始めた。

源之助は富士店に足を向けた。

富士店の木戸を潜り路地を歩いてお久の家の前に立つと、

「お久」

と、声をかける。

「はい」

と、お久は出て来た。お静の死がまだ伝わっていないのか、長屋は平穏な空気に包まれている。お久にもそれは伝わっていないらしく、連日の訪問をむしろ戸惑っているようだ。

「お静を知っているな」

「え、ええ……」

お久には意外な問いかけだったようで訝《いぶか》しんでいる。

「殺された」

「そんな……」

お久は口を半開きにした。

「まだ、下手人は挙がっていない。この近所にある逢引稲荷で殺されたのだ」

「なんてひどい、一体、誰が」

お久は激しく身をよじらせた。

「探索はこれからになる。吉次のことがあっただけに、偶然であろうかと疑ってしまうのう」

「まさか、うちの人も殺されたと……」

「そうとは決めつけられんが。ところで、吉次はお腹の子のことは知らなかったんだな」

「それが今となりましては心残りです」

「お静とは付き合いがあったか」

「お隣でございますので、井戸端で洗濯をしている時など、よくお話はしました。お静さんはとても親切で、あの人が留守がちなものですから、よく、顔を出してくれて」

「親しかったようだな」

「ですから、びっくりしてしまって」

「無理もないのう。で、お静は身体を病んで奉公先の料理屋を休んでいるとのことだが」

「休んでいたのですか……」

意外そうなお久である。

「どうした」

「いえ、病のようには見えませんでしたので。ただ、奉公先のことはあまりお話しになりたがらなかったのです」

「どうしてだ」

「それは……」

お久は答えを躊躇っている。

「話してくれ」

源之助は努《つと》めて穏やかに問いかけた。

「これは、ひょっとしてなんですが」

躊躇いがちながらもお久が言うには、お静は夜更けに出かけるのが常だった。

「それで、富士の湯に行く途中で見かけたのですが、それが……」

どうやら、逢引稲荷の周辺で客を取っていたようだという。なるほど、夜鷹《よたか》をやっていたということか。とすると、下手人は客の一人ということか。

「でも、とっても親切で、温かみのある人でした」

「わかった。下手人は必ず挙げる」

と、言ってから自分が首を突っ込むのではなく、あくまで新之助と源太郎が挙げるのだということに気がついた。

「邪魔をしたな」

「いいえ。とんでもございません」

お久は一旦、別れようとした時、

「あの……」

お久はまたも躊躇いがちだ。

「なんだ、なんなりと申してみよ」

「行李がなくなっていたんです」

「行李というと、吉次が使っていたものか」

お久はこくりとうなずく。

「今朝、ちょっと、出かけた時だと思います」

お久は朝起きてから掃除をし、それから、近所まで使いに出かけた。その間、四半時ほどだという。

「行李には特別なものは入っておったのか」

「昨日、蔵間さまにお見せした物ばかりでございます。道中合羽とか手甲脚絆とか矢立とか煙管とか」

中味は取り立てて目につくものはなかった。誰もが持って行く、旅の道具である。そんなものを盗んで一体、何になるのだろう。

「他に盗まれた物はないのか」

「ありません」

「巾着《きんちゃく》とか金目のものとかもなかったのだな」

うなずくお久の目に嘘はない。お久にすれば、亭主の大事な形見である。金銭の多《た》寡《か》に関わりなく盗まれたことは断腸の思いなのだろう。

「それも、合わせて探ってみる」

そう言ったところで、慎太が自身番から戻って来た。お久は挨拶をしてから自宅に引っ込んだ。慎太はこちらに歩いて来る。

「お静の家を見せてもらいたい」

「こちらでございます」

慎太に案内されて入ったのはお久の右隣の家だった。中はきれいに整理整頓がされている。枕屏風《まくらびょうぶ》の向こうに布団が畳まれ、卓袱台《ちゃぶだい》と茶箪笥があった。部屋の隅の行李を開ける。

「やはりか」

中には黒の小袖、桟留《サントメ》の帯が仕舞われていた。それに視線を落としながら、

「夜鷹であったのか」

と、問いかけた。

慎太は申し訳なさそうに頭を下げた。

「すると、下手人は客という可能性が高いが……」

源之助は慎太に向き直った。

「内緒にしていることがお静さんのためと思いましたので」

料理屋の奉公をやめてから、暮らしに困り、春をひさぐようになったのだという。

「なるほどな」

ここにも悲しい女がいたというわけだ。

三

「富士屋へは報せたのか」

「はい、先ほど、使いを出しました」

慎太は神妙な顔で返答をした。

番頭の与三がやって来るのだろうか。待っていようか。それとも、富士屋に向かおうか。迷っているうちに源太郎が木戸を潜って来た。源太郎は源之助と目が合うと、一瞬だけ怖い目をしたが、父に対し非礼だと思ったのか直《す》ぐに表情を和らげた。源之助から、これまでの経緯を聞く。

「すると、お静を殺したのは客ということですか」

「その線を探ることは必要だろうな」

言いながらも吉次のことが引っかかる。源太郎には言っていないが、吉次の死、吉次の行李が盗まれたこと。これをお静殺しと結びつけていいのかまだ判断はつかない。共通な点といえば、同じ長屋の住人ということである。それこそ、偶然として片づけることができる。だから、お静殺しはあくまで単独の事件として探索する必要はある。

その際、余計な先入観を与えない方がいいだろう。

「ならば、わたしはこれでな」

源之助は踵《きびす》を返そうとしたが、

「父上、今回の一件にも探索をなさるおつもりですか」

「いや、お静殺しはおまえや新之助が行うのが筋というものだ。精々、気張れ」

源之助は源太郎に向き直った。源太郎は宿直《とのい》明けのためか、目が充血している。本来なら今日は非番なのだが、殺しと聞いて駆けつけて来たようだ。

「そうだ。昨夕、美津殿が惣菜を届けてくれたぞ。なかなかに美味であったぞ」

それには返事をせずはにかんだような、困ったような顔を返してきた。源之助は踵を返すと路地を歩いて木戸を出た。

出たところで京次と出くわした。

「殺しが起きると、やって来られるとはさすがは蔵間さまの行く所事件ありですね」

「なんの因果かわからんが」

苦笑を漏らしながら、京次には自分の関わった経緯を語っておこうと思った。

「実はな、事の起こりは杵屋の善太郎が持ち込んできたのだ」

と、善太郎が商いの途中にこの長屋に立ち寄ったところここに住むお久と言う女に世話をされ、お久の身の上話を聞いた。お久には吉次という薬の行商をやっている亭主がいたが、その亭主が溺死した。それから、亭主の形見である行李が今朝になって盗み出されたことを語った。

「蔵間さまは、吉次の死と行李盗難、お静殺しが繋がっているとお考えなのですか」

「まだ、わからん。わからんが、偶然がこうも重なるものかという疑いはある」

「なら、あっしは、行李盗難について、聞き込みをしますよ」

このことは源太郎と新之助には黙っていてくれと頼むと、京次はそれは承知しているとうなずいた。京次には言わなかったが、もう一つ気になることがある。

南町同心若杉の死だ。

若杉は吉次の死に疑問を抱いていた。だからこそ、探索していたのだ。湯屋の二階で病死したとはいえ、若杉自身の死も暗い影を落としている。

ひとまず、富士屋に行ってみることにした。


昼八つを過ぎ、雲間から日輪が顔を出すようになった。こうなると、酷暑には抗すべくこともできず、暑さを受け入れるしかない。富士屋に着いたところで、番頭与三の姿はない。代わりに主人治三郎と面談した。

「お静さん、殺されたそうで」

治三郎は眉を潜めた。それから、長屋を任せている慎太から報せがあったので、与三が向かったと言った。

「下手人は捕まったのでしょうか」

「今、調べているところだ」

「一刻も早く、下手人が挙がることを祈っております。それにしましても、吉次さんに次いでお静さんもとは。御祓《はら》いでもした方がいいですな」

治三郎は言葉とは裏腹に飄々《ひょうひょう》としている。なんとも摑み所のない男だ。

「ところで、お静なのだが、夜鷹をやっておった」

治三郎は目をしばたたいた。知っているのかどうかは判断がつかない。

「知っておったのではないか」

「いいえ」

治三郎はかぶりを振る。

「まこと、知らなかったのか」

「はい」

治三郎は深くうなずいた。真っ白い眉が揺れた。

なんの収穫もなく富士屋を出た。

すると、

「親父殿」

と、声をかけてきたのは矢作である。

「どうしたのだ、こんな所で」

「おまえこそ」

「おれは町廻りさ」

矢作の言い分はもっともである。矢作に誘われるまま富士屋の向かいにある茶店に入った。さすがに、矢作も町廻りの途中とあっては酒というわけにはいかず、心太《ところてん》を頼んだ。源之助も付き合う。

「親父殿、富士屋から出て来たな」

「なんだ、見ておったのか」

「おれも、富士屋に目をつけたんだ」

矢作は正面を向いたまま言った。

「わたしは別に富士屋を怪しんでいるわけじゃない」

と、これまでの経緯を語った。

「それは嘘だな。親父殿は、吉次という薬売りの死、若杉さんの死、それにお静という女の死、吉次の行李を盗まれたこと、全てが富士屋に結びつくと考えているのではないか」

矢作は水臭いぞと言い添えた。この男に隠し立てはできない。それに、軽々に口を滑らせる危険性もない。

「確信まではいかぬが、それを否定する気もないといったところか。いや、こんな曖《あい》昧《まい》な言い方はよくないとは思うが、何せ、証《あかし》がないのでな」

「しかし、それらは富士屋という共通点がある。若杉さんが亡くなったのも富士の湯、富士屋の持ち物だからな」

「偶然かもしれぬが……」

「偶然もこれだけ重なると、必然というものさ」

矢作は心太を啜り上げた。

「ところで、おまえはどうして富士屋に目をつけたのだ。若杉さんの死の探索はわたしに任せる。自分はかかりきりの探索があると申しておったではないか」

「その探索の一環として富士屋に目をつけた」

矢作はにんまりとした。

不穏なものを感じた。矢作はゆっくりと源之助に向いた。

「盗人一味、風神《ふうじん》の喜代四郎《きよしろう》一味を追っているんだ」

矢作はなんでもないことのように言ったが、風神一味とはいかにも大物である。何せ、この三年、日光道中、奥州道中を股にかけての盗み働きはその鮮やかな手口で評判であった。盗みに入る商家には予め、入念な下調べをしていて、何処にどれだけの財宝があるのかを知った上で盗みに入るということだ。

「風神の喜代四郎、ずいぶんと大物だな」

「そうさ。おれが捕縛するに足る奴らだ」

「しかし、火付盗賊改方《ひつけとうぞくあらためかた》が追っているではないか」

「承知の上だ。だから、火盗改《かとうあらため》の上前を跳ねてやるんだ」

いかにも矢作らしい向こう意気の強さである。

「それで、富士屋が風神一味と関係すると思っているのか」

「関係するもなにも、富士屋治三郎こそが、風神の喜代四郎だ」

「ほう、その根拠は」

いかにも好奇心をそそられるが、出来すぎのような気がする。

「根拠は若杉さんの探索の痕《あと》だ」

「若杉さんは風神一味を追っていたのか」

「はっきりとは言わなかったが、追っていたと思う。吉次のことを、昔、盗人一味に加わっていたことを若杉さんは突き止めていたんだ」

「まことか」

「ああ、間違いない。未亡人となったお内儀から若杉さんの日記を見せてもらった。そこに、吉次のことを盗人一味に加わっていたと書いてあった。昔、捕えたことがあるそうだ。その時は、見張り役だったそうで、百叩きで解き放たれたらしい。盗みに入る店に下調べすることに関しては相当な腕だったようだ。その腕を風神の一味に買われたとしても不思議はない」

「すると、風神一味は薬の行商人として、全国を行脚《あんぎゃ》し、そこで、盗みに入る商家を見つけ出し、盗みにかかるということか」

「そうさ」

「そういえば、吉次の帳面はそれはもう、詳細を極めていたな」

源之助は吉次の帳面を見たことを語った。

矢作は我が意を得たりといった風だ。

「吉次の死は事故じゃないんだな」

「殺されたに決まっている」

「とすれば、誰にだ」

「風神の喜代四郎さ」

「富士屋治三郎の差し金ということか。しかし、どうして殺す。吉次はあの帳面からしても、相当に腕のいい男だ」

「仲間割れ、あるいは、一味の金に手をつけた、理由は富士屋を挙げればはっきりするさ」

「お静はどうして殺した」

「感づかれたんだろう。富士屋の正体をお静は知ってしまった。それで、口を封じられたのさ」

　矢作の物言いは確信に満ちていた。

「どうもなあ」

　源之助は首を捻った。

四

「なんだ、おれの探索を信用しないのか」

「そういうわけではないがな、たとえば、吉次は殺しということが考えられなくもないが、若杉さんはどうだ。若杉さんは殺されたとは言えまい」

「いや、おれは殺されたと睨んでいる」

「ほう、どうやって」

「按摩がいただろう」

「竹の市とか言ったな。若杉さんは竹の市に腰を揉んでもらっていたそうだ」

「それさ。按摩に針で急所を刺されたんだ。過去にもあった。そうして命を落とした例がな」

矢作は自信に満ち溢れている。

「そういうことか。しかし、それはあくまでおまえの想像だろう。ちゃんとした証がないことにはどうにもならん」

「それを求めに、行ってくる」

「富士の湯へ行くのか」

「そうさ。ひとっ走り行ってくる」

矢作は全身に気力をみなぎらせて腰を上げた。

「おれも行く」

「親父殿もか」

「おまえ一人では何をやらかすか危なくて仕方がないさ」

源之助もにんまりとした。

「それは心強い。だがな、一切、手出し無用だぞ。富士の湯に着いたら、ひとっ風呂浴びていてくれればいいさ」

「よし、お手並み拝見といこうか」

源之助も久しぶりに心がたぎる思いに浸った。

二人は富士の湯にやって来た。

入口を入ると二階へと上がる。角太郎が源之助と視線を合わせ、ぺこっと頭を下げた。竹の市は侍の肩を揉んでいたが、いきなり矢作に、

「話が聞きたい」

と、怒鳴られてびくっとなった。

「は、はい」

竹の市はおっかなびっくり矢作に顔を向ける。

「腰を揉んでもらおうか」

「は、はい」

竹の市の返事を待たず、矢作は絽の夏羽織を脱いでうつ伏せになった。竹の市はそっと指を這わせる。

「ずいぶんと、腰が張っておられますね」

「一日、歩きづめだったからな」

「それは大変ですね」

「ああ、この暑い中、楽じゃないさ」

と、矢作が腰の十手を抜いた時、竹の市の手が十手に触れた。竹の市ははっとしたように、

「これは、もしかして八丁堀の旦那ですか」

「そうさ。南町の矢作という」

「それはそれは」

竹の市は少し怯えのためか声が上ずった。

「なんだ、どうした。もっと、強く揉んでくれ」

「わかりました」

竹の市は改めて両手に力を込めた。

「そうだ。よし、いいぞ」

と、目を細めた。竹の市の按摩をしばらくの間受け続け、

「よし、よい具合だ」

「ありがとうございます」

「おまえ、針もやるのか」

「ご要望があれば」

「よし、やってもらうか」

矢作は言った。

「ようございますよ」

竹の市は針を取り出し、矢作の首筋の辺りに探りを入れる。矢作は、

「若杉さんにも針を打ったのか」

「ええっ」

竹の市の手が止まった。

「なあ、針を打ったな」

矢作はむっくりと起き上った。竹の市はのけ反った。

「この手で打った、そうだな」

矢作は竹の市の手を摑んだ。

「し、知りません」

言いながらも竹の市は必死の形相である。

「惚《とぼ》けるな」

矢作は一喝した。すると、なんと竹の市の両眼がぱっと見開かれた。そして、ぱっと立ち上がるや階段を下りて行く。

「ふざけやがって」

矢作もすかさず後を追った。

が、竹の市の動きは予想外に素早く、矢作が階段の手すりに手をかけた時には既に中ほどに達していた。逃してなるものかと矢作が階段を降り始めたところで、一階から階段を上がって来る男がいた。紺の単衣を着流すという気楽な格好ながら腰には大小を帯びていることから侍のようだ。

竹の市は侍と鉢合わせになった。

「退いてください」

竹の市が哀願すると同時に、

「そいつは罪人だ」

矢作は叫ぶ。侍は両手を広げ、竹の市の前に立ちはだかった。竹の市は侍を突き飛ばした。咄嗟に侍は竹の市の着物の袖を摑む。

二人はもつれ合いながら階段を転げ落ちた。そこへ矢作が追いつき竹の市の襟首を摑みながら、

「かたじけない」

と、侍に声をかけた。侍は腰をさすりながら立ち上がった。どこも傷ついてはいな

いようだ。

「なんの、武士は相身互《あいみたが》い。見たところ、町方の同心のようだな。これは捕物か」

侍は好々爺然とした老人である。

「そうなのです、こいつめが……」

と、矢作が返事をしたところで竹の市が暴れた。危うく、逃げられそうになり、矢作は竹の市の頭を叩いた。

「わしに構うことはない。早く、引き立てよ」

侍に言われ矢作は一礼すると竹の市を引き立てて行った。

源之助が侍に近づき、

「北町奉行所の蔵間源之助と申します。あれは、南町の矢作兵庫助です。捕物のお手助け痛み入ります」

「わしは、この近くに住まいしておる柳原主水丞と申す」

柳原主水丞……。どこかで聞いた覚えが。

そうだ、杵屋の善太郎が出入りが叶いそうだと言っていた大身の旗本。隠居して柳原の大殿さまと呼ばれている御仁に違いない。

「これは失礼しました」

改めて深々と頭を下げる。

「湯屋じゃ。そう堅苦しい挨拶はするな」

「大殿さまも湯屋なんぞにまいられるのですか」

旗本屋敷なら屋敷内に湯殿がある。

「湯屋の二階が好きでな。二階に居ると世情の話を聞けるのじゃ」

柳原はうれしそうににんまりとした。なるほど、世情について大いに関心があるようだ。

「何か面白い話はないか」

と、柳原は聞いてから、源之助が竹の市捕縛に関わったことを思ったのか、

「今日は忙しかろう。後日、話を聞かせてくれ」

と、階段を上がって行った。

源之助は角太郎を伴い、矢作を追った。

米沢町の自身番で竹の市と角太郎は土間に座らされた。

「竹の市、白状しろ」

矢作は怒鳴りつけた。

「わたしが殺しました」

あっさりと竹の市は白状をした。

「どうして殺した」

矢作は詰め寄る。

「あの同心がしつこかったからです。わたしが目開きだと見破りましてね、それで、まずいことになったと」

竹の市は最早躊躇なく己が悪事を白状した。

「誰に頼まれた」

矢作は角太郎に顔を向けた。角太郎は横を向いた。

「誰に頼まれたのでもありません」

「ならば、何故殺した」

「ですから、目開きだと知られたからでございます」

竹の市は主張をやめない。

「富士屋治三郎の命令ではないのか」

矢作は大きな声を出した。

「どうして、富士屋の旦那が」

角太郎がすかさず横から口を挟んだ。

「それは」

矢作が半身を乗り出したのを源之助が制してから、

「おまえは竹の市がもぐりの按摩であることを知っていたのだな」

と、角太郎に聞いた。

「申し訳ございません。つい、出来心でございます」

角太郎は竹の市と一緒に、按摩で稼ぐことを思い立ち、竹の市に加担したのだという。

「どうかお許しください」

角太郎は平伏した。

「富士屋の治三郎はこのこと知っておるのか」

「いいえ、滅相もございません」

角太郎は大きく首を横に振った。

「嘘、つけ」

矢作は角太郎の胸倉を摑んだ。角太郎は顔を真っ赤にしながら知らないということを繰り返す。

「おい」

源之助は矢作の背中を何度か叩いた。矢作は舌打ちをして、

「ま、いい。奉行所で入念に取り調べてやるさ」

と、言った。

「どのようなことがございましょうとも、富士屋の旦那には一切かかわりのないことでございます」

角太郎は強調した。横で竹の市もうなずいている、矢作は今度は竹の市の胸倉を掴み、さらには頭突きを食らわせた。竹の市はもんどり打って転がった。

「申し訳ございません」

竹の市はひたすらに怯えている。

「白状しろ」

「全て白状をしました」

「おのれ」

矢作は怒りに血が上ってしまっている。竹の市を更に責めたてるだろう。拷問もやりかねない。拷問は現場の同心単独でできるものではない。

と、

「ううっ」

竹の市はくぐもった声を出した。嫌な予感に襲われる。矢作もはっとしたようだ。

うずくまる竹の市の顔を起こした。

「おい」

声を強めたが、竹の市の口の周りはどす黒い血で覆われていた。

「舌を嚙んだ」

矢作の言葉がむなしく響いた。

これで、竹の市の単独犯行ということになった。

第三章　逸《はや》りの御用

一

夜の帳《とばり》が下り、八丁堀の組屋敷に戻ると源太郎はぐっすり眠っているという。久恵によると、帰って来るなりそのまま倒れるようにして床についたということだ。

「宿直の翌日に駈けずり回っていたのだから、無理もなかろう」

「そういえば、旦那さまに会ったとか」

「何か申しておったか」

「いいえ、特には申しておりませんでしたが、何か」

久恵の方が気になっているようだ。

源之助もさすがに疲れ、なんでもないと言って早々に寝入ってしまった。

翌十四日の朝、離れ家を造作する大工たちの声で目が覚めた。

源之助は湯屋へ行くことにした。近所の亀の湯である。手拭を持ち、亀の湯にやって来ると、どうしても昨日の富士の湯での出来事が思い出される。

そう思いながら湯船に身を沈めた。朝の湯は殊の外《ほか》熱い。じっと、耐えるようにして動かないでいると、にわかに大きく湯が揺れた。その無遠慮な態度に顔をしかめていると、湯煙の向こうに矢作の顔が見えた。

「なんだ、おまえか」

「親父殿、どうもなあ、すっきりとせん」

矢作はあいさつさえせず昨日のことを言い始めた。

「あれからどうしたのだ」

「当然、奉行所に戻って報告をした。角太郎も連れて行ったさ」

結局のところ、竹の市の死によって、若杉の死は病死ではないことがわかったものの、竹の市の単独犯行として片付きそうだという。

「富士屋への探索は当分、見合わせよとさ。火盗改が追っているのだから、余計な手出しはするなということらしい」

矢作はざぶんと湯船に顔まで沈めた。よほど、悔しいのだろう。

「まあ、そう、がっくりとするな」

「これががっくりしないではいられようか」

矢作はぼやくことしきりである。

そこへ、

「父上、お早うございます」

と、源太郎も入って来た。

「おお、源太郎」

矢作は気さくに声をかける。源太郎はやや気圧《けお》されたように挨拶を返した。

「宿直明けにもかかわらず、がんばっておったようだな」

「矢作殿こそ、御手柄だとか」

「なんだ、知っておったのか」

「自身番で聞きました。南町の同心若杉殿を殺した按摩を捕縛されたとか」

「そうよ。親父殿のご助勢のお蔭でな」

矢作に顔を向けられ源之助はばつが悪そうにうなずく。

「父上、やはり、探索をしておられたのですか」

源太郎は批難口調である。

「まあ、偶々《たまたま》、通り合わせたのだ」

「富士の湯に偶々ですか」

源太郎の態度に不穏なものを感じたのか矢作は、

「親父殿は、なんといっても練達の同心だ。源太郎とて学ぶことは多かろう」

「それはそうですが」

源太郎は表立って文句を言うわけにもいかず黙り込んだ。

「ところで、お静殺し、何かわかったか」

矢作が聞く。

「夜鷹の客に絞って、聞き込みをしていたのですが、昨日のところは、手がかりらしいものは得られませんでした」

源太郎は唇を噛んだ。

「焦ることはない」

源之助が言ったが、

「何をしてるんだ。聞き込みが足りないんじゃないか」

矢作の物言いは遠慮がない。源太郎は恥じ入るように俯《うつむ》いた。矢作の叱責を正面か

ら受け止めたのはいかにも、源太郎らしい生真面目さだ。矢作は追い打ちをかけるように怖い顔をし、

「今日あたり、何か手がかりを摑まないと、下手人を挙げるのに手間取るぞ。まあ、これはおれの経験だがな」

「わかっております」

「なんなら、おれが手伝ってやろうか。そうだ。手伝うぞ」

矢作らしい親切さというか強引さだが、それは源太郎とてもありがた迷惑というものであろう。

「いえ、御無用です。我ら北町の手で必ず下手人を挙げます」

源太郎は目に力を込めた。さすがに矢作も無理強いはせず、

「ま、なんとしても手柄を立てるんだぞ」

矢作に励まされ、のんびりと朝湯を楽しんでいる場合ではないと思ったのか、

「では、これで失礼します」

源太郎はそそくさと湯船から出て行った。

「ちょっと、言い過ぎたかな」

矢作は軽く首を横に振ると湯をすくい顔を洗った。

「そんなことはない。よく言ってくれた」

「あいつは生真面目過ぎるからな。ま、まだ見習いの身だから致し方がないが」

矢作の表情は源太郎を気遣う義兄そのものだった。それが源之助には何よりもうれしい。源太郎にとって、美津が嫁になるのはむろん喜ばしいことだが、矢作が義兄になってくれることは頼もしい限りだ。

「どうする」

源之助は声をかけた。

「何がだ」

「決まっているだろう。富士屋の探索だ」

「手を引く気はない」

「矢張り、疑いは去らぬか」

「そうさ」

矢作は語調を強めた。

「止めても無駄か」

「申すまでもない！」

自分の決意を示すように矢作は勢いよく湯船を飛び出した。湯船が大きく波打った。

それは矢作の執念を見せているようでもあった。

源之助は奉行所に出仕した。

今日も退屈な一日が始まる。そう思うと、嫌気が差す反面、平穏に身を浸すことの安らぎを感じもした。

そこへ、

「お早うございます」

と、善太郎がやって来た。

「入れ、丁度、退屈をしておったところだ。もっとも、毎日のことだがな。そうだ、おまえが出入りが叶った柳原さま、ひょんな所で出合ったぞ」

源之助は富士の湯での捕物騒ぎを語った。

「いかにも大殿さまらしいですね。とにかく、世情のことにご興味をお持ちですよ。ところで、お久さんのこと、親身になってくださっているようで」

善太郎も気になって昨日、顔を出したのだという。

「お久さん、今度は長屋のお友だちが亡くなって気落ちをしていましたけど、それで、近々、引っ越すかもって言ってましたよ」

「引っ越しか」

意外ではなかった。

亭主の思い出といっても、それほどの日々を過ごしていたわけではない。こんなことを言っては薄情かもしれないが、それほどの愛着があるわけではないだろう。

「引っ越しの費用は、富士屋さんが出してくれるそうですよ。なんでも、吉次さんのお蔭でずいぶんと商いが広がったので、せめてものお礼だということでした」

「ほう、そうか」

矢作に言わせれば、これも、何か意図があってのことなのかもしれない。

「新しい住まいで心機一転というのもいいのかもしれないな」

「そうですよね、それにしても、ご亭主、まっとうな行商人で本当に良かったですよ」

善太郎はしみじみと言った。

「まったくだ」

そう答えたものの、まだ吉次に対する、いや、富士屋に対するわだかまりが胸に深く横たわっていることが、源之助をして表情を曇らせ続けた。

「どうかなすったんですか」

「いや、別になんでもない」

「そうじゃないでしょう。ああ、そうか、蔵間さま、お久さんの長屋で殺しが起きたんでそれを気になさっている、いや、もっと、言えば、殺しの探索を考えていらっしゃる、そうじゃありませんか」

　まさしく図星である。

「考えなくはないがな。今朝も、源太郎に釘を刺されたところだ。余計なことに首を突っ込むなとな」

「源太郎さまにすれば、いつまでも半人前にしか見られないようで面白くないんでしょうけどね」

「そういうことだな」

「しかし、あれですよね。蔵間さまにしてみれば、何も源太郎さまのことを頼りなく思っていらっしゃるわけじゃなくって、ご自身の探索心が疼いてどうしようもないんですよね」

　なんだ、善太郎、何時《いつ》の間に人の心の機微を理解するようになったのだと、つい感心をしてしまった。

「その通りだ」

「やっぱりね」

「おまえも、なかなか商売に長《た》けてきたではないか」

「蔵間さまからお誉めの言葉を頂けるとは何よりの励みになります」

善太郎の屈託のない笑顔が身に沁みた。

「よく、報せてくれたな」

「なら、これからも、近くを通りましたら、お久さんの様子見てきます」

「頼む」

善太郎は明るく出て行った。

二

矢作兵庫助は単身で富士屋へと乗り込んだ。暖簾を潜るなり、

「頼もう」

まるで、道場破りのような勢いである。帳場机で与三と治三郎が顔を突き合わせて話をしていたが、矢作の勢いに気圧されるようにして、二人揃って矢作に向いた。

「竹の市の一件だ」

矢作は上がり框に腰かけた。治三郎はにこやかに、

「どうぞ、こちらへ」

と、奥へ案内をする。矢作は導かれるまま帳場机の奥にある暖簾を潜った。そこは八畳の客間になっていた。そこにどっかと腰を下ろしたところで、

「このたびは、角太郎が大変にご迷惑をおかけしました」

と、まずは治三郎が頭を下げた。

「角太郎のこともあるが、竹の市だ」

「まこと、不届きな按摩でございますな」

治三郎の白い眉が揺れた。

「何故、若杉さんを殺したのだろうな」

矢作は顎を掻いた。

「若杉さまに竹の市が贋按摩であることを気がつかれたからだと角太郎に聞きましたが。そのことは、矢作さまもよくご存じですよね。ご自分で取り調べをなさったのですから」

「いかにも。話が核心に触れようとしたところで、舌を嚙んだ」

「竹の市なりに、責任を感じたのでございましょう。自業自得とはいえ、気の毒なこ

とをしました」

「よっぽど、怖かったんだろうな」

矢作はニヤリとした。

「あなたさまがですか」

「いや、あんたさ。なあ、風神の喜代四郎よ」

と、顔を覗き込んだ。

治路三郎は微塵も動ずることなく、

「なんでございます？」

と、首を捻った。

「風神の喜代四郎という盗人を知っているだろう」

「はて……」

治三郎は眉間に皺を刻んだものの見当がつかないといった風に小さくため息を吐いた。

「奥州道中や日光道中を股にかける大盗人だぞ」

「それと、手前と何か関係するのでございますか」

治三郎は満面に笑みをたたえた。いかにも余裕たっぷりといった風だ。それは余裕に見えるし、心底知らないようにも見える。治三郎が喜代四郎であるなどとは証があるわけではない。

「関わりはないのだな」

ここは一旦引っ込む。

「ともかく、角太郎は三十日の手鎖《てぐさり》でございます。まこと、情けないことで。湯屋の免許はなんとか持たせていただくことになりましたが、いやはや、わたくしどもの監督不行き届きとは申せ、とんだ失態をしたものです」

「ところで、先ごろ死んだ吉次についてだが」

「今度は吉次さんのことですか」

治三郎は薄く笑った。

「若杉さんは吉次の死を不審に思い探索をしていた。その過程で竹の市に殺された」

「また、わけのわからないお話でございます。手前どもは薬を商う商人でございます。どうかよくわかるようにお話しください」

「つまりだ、吉次の死に竹の市や角太郎が関係している。そして、二人はある人物の指図で動いた」

「まさか、その人物というのが手前だと申されるのですか」

治三郎は大きく身をのけ反らせた。

矢作はわざと視線をそらし、

「吉次が住んでいた長屋、おまえが地主になっている長屋だ。その長屋でお静という女が殺された。ここでも、富士屋が関わっているな」

「まこと、畏れ多いことでございます」

治三郎はひたすら恐縮の体《てい》である。

「まったく、そんなことが繰り返されましたので、それからおもむろに、御祓いでもしようかと思ったのですが、それで、すむものではなかろうと、いっそのこと、長屋は閉じることにしました」

「なんだと」

これは意外だった。

「長屋を潰すのか」

「残念ですがね」

「住人はどうする」

「店立ては地主の宰領でいつでもどうぞ、という一札《いっさつ》を入れてもらっていますから、こちらに非はないのですが、それでも、やはり、突然の話とあっては長屋のみなさんも気の毒ですからね。引っ越しの費用は手前どもが持ち、いくばくかの、お金を渡そうと思っております」

「長屋を立ち退かせてそれからどうするつもりだ」

「あとは更地《さらち》にしまして、火除け地にしていただこうと、お上《かみ》に献上したいと思います」

「ほう、それは殊勝な心がけだ。だが、いささか、勿体ない気もするな」

「こう申してはなんですが、手前ども、銭金には執着致しません」

「跡継ぎはおらんのか」

「不幸に嫁も倅も死に別れましてな、継がせる者もなし、わたしの代で終わりです」

治三郎は淡々としている。

矢作はしばらく黙って見ていた。

「それは気の毒にな」

「まこと、このたびのこと、わたしの不徳の致すところとこの通りお詫び申し上げます」

治三郎は両手をついた。

鎌を掛けるつもりできたが、こちらに材料がないことも災いし、なんとも、責め口が見い出せない。いささか、いや、大いに勇み足を踏んだようだ。

「邪魔したな」

「いいえ、どういたしまして」

治三郎はわずかに目に険のある色を浮かべた。

矢作は富士屋を振り返った。ごくごく平穏な店がそこにはある。往来には砂塵が舞い、日盛りの昼下がりは涼風とは無縁だった。

源太郎は朝から張り切っていた。新之助、京次と共に、富士屋店周辺の聞き込みにいそしんでいる。

「一休みしよう」

新之助が言ったのを、

「どうぞ、お休みになってください。わたしは、もう少し続けます」

「馬鹿に張り切ってるな。この暑さだ。適当に休まないと倒れてしまうぞ」

「大丈夫です。まだ、若いですから」

源太郎は胸を張って見せた。

「秋には祝言が待っているものな」

新之助の言葉をからかいと受け取ったのか源太郎はむっとした。

「怒ったか」

「いいえ」

源太郎は踵を返した。

新之助、京次と別れて聞き込みを続ける。砂塵が舞う中、大川沿いに聞き込みを行っていると、川面の煌《きら》めきが目に眩しく突き刺さり、矢作の叱咤が思い出された。なんとしても手がかりを得なければ。

逢引稲荷の鳥居に差し掛かったところで、

「もし」

と、背後から声をかけられた。

振り返ると女である。暗がりの中、顔を伏せているため面差しはわからない。

「すみませんね」

女はおずおずと声をかけてきた。源太郎が身構えたところで、

「八丁堀の旦那ですね」

と、念を押された。

「そうだが」

「お静さん殺されなすったとか」

「そうだが」

ここは何か証言が得られそうだ。焦ってはならない。

「おまえ、お静を知っているのか」

表情を緩め努《つと》めて柔らかな物腰で接した。

「はい」

と、言いながらももじもじとしている。何かを憚《はばか》っているかのようだ。

「何か話してくれるんだな」

「ですけど、今は……」

昼間から誰かの目を気にしているのだろうか。

「お役人さまと一緒のところを見られては何でございますので」

「ならば日が落ちてからにしよう。何処かで待ち合わせるか」

「では、この稲荷で、宵五つ（午後八時）に」

「よし、わかった。きっとだぞ」

「旦那もお一人でいらしてくださいね」

女は言うなり足早に立ち去った。

源太郎はそれからも足を棒にして動き回っていたが、結局のところ、身になりそうなのは先ほどの女の話だけだった。いや、あの女の存在があるがために、後の聞き込みはおざなりになってしまったのではないかと反省もした。

一日の聞き込みを終え、

「今日はこれで解散だ。明日の朝もここで聞き込みを始めよう」

新之助に言われ、京次もうなずく。夏の夕暮れである。まだ、熱気は去らないが、夕風には幾分かの涼が感じられた。

三

「一杯いくか」

新之助が言う。

「いいですね」

京次がすぐに応じる。それから源太郎にも行きましょうよというような目を向けてきた。

「わたしは失礼します」

「たまにはいいだろう」

「今日は遠慮しておきます」

源太郎は毅然と断った。あの女のことが気にかかる。矢作から今日中に成果が挙がらないと下手人を挙げることは困難になると言われたことが耳の奥に残っている。なんとしても、女からよき情報を手に入れたい。

その一念で女から指定された逢引稲荷へとやって来た。

既に夜の帳が下りている。

小望月《こもちづき》に照らされた祠《ほこら》はいかにもうらぶれていて、境内には樹木が多いせいか、藪蚊が舞っている。両国橋からはほど近いが、夜店の喧騒とは無縁の静けさにある。境内に足を踏み入れようとした。

生暖かい夜風に白粉《おしろい》や紅の匂いが混じっている。気が付くと、ちらほらと夜鷹がいた。時折、

「どうだい」

と、声をかけられ、夜目に源太郎が八丁堀同心だと気が付くとさっと離れてゆく。

そうか。

お静は夜鷹だった。お静のことで話があると言っていたあの女も夜鷹なのではないか。そう思って祠に近づく。

「おい、わたしだ」

源太郎はひそひそ声で訊いた。

返事はない。しんとした闇の中に鉄錆《てつさび》のような臭いがした。

――血か――

そう思うと、闇の中にぼうっと人影が横たわっている。嫌な予感に胸が突き上げられた。

人影は女だった。思わず屈み、女を抱き起こす。昼間の女である。

と、祠の縁の下で人影が蠢《うごめ》いた。みすぼらしい着物に髷を結わずに髪を肩までたらし、顔中を髭が覆っている。一見して物乞いとわかった。

「おまえ、この者が殺された時からそこにおったのか」

と、声をかけたと思ったら、

「ううっ」

後頭部に衝撃を感じた。

目の前が真っ暗になったと思うと意識が遠退いた。が、それもそれほどではなかっただろう。

薄目を開けて、半身を起こす。頭ががんがんとする。痛みに耐えながらも起き上がると傍らに女が横たわっていた。

「おい」

と、声をかける。返事はない。月明かりに照らされた女の顔は真っ青だった。そして、胸の辺りに刀傷が走っている。既に事切れていた。祠に目をやったが、物乞いはいなかった。

「きゃあ!」

耳をつんざく女の悲鳴がした。立ち上がって振り向くと夜鷹が二人こちらを見ている。

「人殺しだよ」

夜鷹たちが騒いだ。

「違う、わたしではない」

「誰か! 人殺しだ」

夜鷹たちが騒ぎ始めた。

「違う、わたしは北町奉行所同心……」

釈明しようとしたが、二人は怖《お》じ気《け》をふるって逃げて行った。すると、辺りが騒がしくなった。夜鷹たちが騒いだためだろうか。呼子《よぶこ》の音がする。

厄介なことになったものだ。

やがて、一人の侍が近づいて来た。傍らに小者らしき男を従えている。どうやら、何処かの大名家の家臣のようだ。

「女どもが騒いでおったが」

侍は小者に提灯で足元を照らさせ近づいて来た。源太郎の前に立つと、小者が女の亡骸を提灯で照らした。

「なるほど、殺しだと騒いでいたが、これか」

と、女の亡骸に屈む。

「わたしは北町奉行所の蔵間源太郎と申します。この者とは……」

ここまで言った時、侍は立ち上がり、

「卒爾《そつじ》ながら、刀を検めたい」

と、言った。

「何を申される」

さすがに腹が立った。この男が自分を疑う気持ちはわかる。しかし、いきなり、刀を見せろとはいかにも無礼ではないか。

「女どもが貴殿が仲間を斬ったと申しておるのでな」

「馬鹿なことを……。わたしは町方の役人。この女とはある一件について話があるというので、まかり越したまで。斬ったなどとは濡れ衣もいいところです」

「清廉潔白というのなら、刀とて見せられるものであろう」

侍は次第に居丈高になった。

「貴殿の素性を名乗られよ」

「これは、失礼した。拙者、喜多方《きたかた》藩御用方新藤総十郎《しんどうそうじゅうろう》と申す」

喜多方藩尾上《おのえ》家、外様《とざま》の名門。石高二十万石。城主尾上備前守政隆《びぜんのかみまさたか》は国主格である。その御用方の侍と思わぬ形で遭遇してしまった。そう名乗られた以上、このまま相手にせずに立ち去るわけにはいかない。

「ならば、どうぞ、お検《あらた》めくだされ」

源太郎は腰の大刀を抜こうとした時、違和感を抱いた。差し位置が違う。

――やられた――

気絶させられ、その隙に刀を取られたのではないか。そんな疑問が脳裏を過《よ》ぎったが、ともかく検めてもらうしかない。大刀を鞘ごと抜いて新藤に渡す。新藤は丁重に受け取ると、ゆっくりと抜刀し、月明かりに照らし出した。

凝視するまでもなくべっとりと血糊《ちのり》が付いている。

「確かな証ですな」

と、新藤は言った。

「違う、わたしではない」

「町方の役人が白《しら》を切るつもりか」

新藤の口調が強まった。

「逃げるつもりはござらん」

「ならば、潔《いさぎよ》く罪を認められよ」

新藤が詰め寄る。

呼子が近くで鳴らされた。ばたばたと侍たちが三人鳥居を潜り駆け込んで来た。

「火盗改である」

一人が告げる。

新藤が、

「この男が夜鷹を斬った」

「違う！」

強く源太郎は否定した。

「役宅まで来てもらおうか」

火盗改は砧《きぬた》甚五郎《じんごろう》と名乗った。

「わかりました。じっくり、話をさせてもらう」

ここは抗うわけにはいかない。抗ったところで、火盗改のことだ。力ずくで引き立てるだろう。

何者かの罠《わな》に陥れられたことを思った。

源之助は組屋敷に戻った。

「源太郎、遅いな」

「そうなのです。どこかで飲んでいるのでしょうか」

「さて、どうかな」

源之助はきっと源太郎が夜遅くまで足を棒にして聞き込みを続けているに違いないと思った。矢作に叱咤されたのだ。生真面目な源太郎ならば、それを聞いて今まで通りでいられるはずはない。だが、そのことは久恵には言わないでおこう。

「生真面目な性質ですから、御役目に邁進しているのかもしれませんね」

「そうかもしれん。何せ、秋には祝言を挙げるのだからな」

「本当ですね」

久恵の顔には母親としての喜びがあった。

庭の草木に蛍が飛んでいる。夜風に草がそよぎ珍しく過ごしやすい晩である。

「隠居所、秋まではできそうか」

源之助は縁側から庭に目をやった。

「それが、美津殿が強く申されたのですが、母屋には住まない、父上と母上でお住まいくださいと。ですから、隠居所ではないと」

「いかにも美津殿らしいな」

「どうしたものでしょうね」

「ならば、そうするか」

源之助とても隠居する気などはないし、そう言われることも避けたかった。

「よろしいのでしょうかね。美津殿に気を遣わせて」

「かまわんさ」

源之助は言ってから腹が減ったと言った。すぐに用意しますと久恵が席を立った。

夏ばてなどとはまるで無関係だ。夏の盛りであろうと、一向に食欲は衰えない。益々、自分の気力と体力に自信が持てる。食膳が運ばれて来るのが待ち遠しい。腹の虫がぐうと鳴った。

やがて、久恵の声がした。玄関である。今時分に来客だろうか。疑問に思いながら待ち構えていると、

「火盗改からのお使いだそうです」

と、細かく折りたたんだ紙の包みを久恵が差し出した。

「お使いの方は待っておられるのか」

「それだけ残されて帰られました」

「なんだ……」

火盗改からの報せとは、一体、どういうことだ。見当もつかないが、いい話でないことだけは確かだ。紙を開ける。久恵は食膳を用意しますと台所へ向かった。

「なんと」

源之助の口から驚きの声が漏れた。書付には源太郎が人を斬り捕縛した旨、書かれてある。急ぎ来訪を請うとあった。

四

そこへ、

「お待たせ致しました」

と、久恵が食膳を持って来た。ところが、食欲はすっかり失せている。そんな源之助の変化を久恵は見逃すことなく顔を曇らせた。

「いかがされたのですか」

「源太郎が火盗改に捕まった」

「そんな……。どうして、源太郎が一体何をしたというのですか」

さすがに久恵は取り乱している。

「わからん。ともかく、行ってまいる」

夜鷹を斬ったということまでは言わなかった。久恵にしてみれば、心配なことこの上ないだろうが、夜鷹殺しの疑いまでは言えなかった。久恵は納得できないようだったが、

「行ってみぬことにはわからぬが、源太郎のことを信用せよ」

「はい」

久恵の強い眼差しを受けながら、着替えをした。明日には奉行所にも伝わるだろう。その前に、自分の所に報せてくれたということかもしれない。夜鷹殺しというのが心に引っ掛かる。ひょっとして、お静殺しに関係しているのだろうか。

火盗改方飯盛伯耆助《いいもりほうきのすけ》の屋敷は日本橋本石町にある時の鐘にほど近い武家屋敷の一角だった。火盗改のお頭は先手頭《さきてがしら》や持筒頭《もちづつがしら》の加役で、若年寄支配、役高千五百石である。八丁堀の組屋敷からは四半時ほどの距離だった。長屋門は開けられていた。篝《かがり》火《び》が焚かれ、いつでも出動できるような体制になっている。

屋敷の中はまさしく緊張に満ちていた。書付に名を記されていた火盗改同心砧甚五郎に取り次ぎを申し出るとすぐに案内された。屋敷の裏手に板葺屋根の建屋があり、その玄関で砧は待っていた。

「蔵間殿でござるか」

砧は日に焼けた浅黒い顔を向けてきた。

「このたびは倅が面倒をかけます」

源之助はまずは頭を下げた。

「書付にも記しましたが、両国米沢町の稲荷でご子息源太郎殿が夜鷹、お梅《うめ》という女ですが、お梅を斬ったという疑いが生じたのです」

砧は源太郎を捕縛した経緯を語った。

「では、喜多方藩の新藤殿という御仁によって現場を押さえられたのですな」

「いかにも」

砧は言った。

「倅は罪を認めておるのですか」

「いいえ」

砧は小さく首を横に振る。

そうであろう。源太郎のことだ。嘘をつくことはあるまい。

「息子に会わせてください」

「よろしい。但し、ご内聞に願います。あくまで、源太郎殿は取り調べを受けておる身であることをお忘れなく」

「承知しております」

源之助は砧の案内で建屋の中に案内された。廊下の突き当たりに小さな座敷があり、源太郎は正座をしていた。源之助と視線を合わせると、

「申し訳ございません」

と、両手をついた。

「殺していないのだな」

「はい」

「死んだ夜鷹とはどうしてあの稲荷におったのだ」

「お静殺しの聞き込みを続けるうちに、お梅が話があると近づいて来たのです」

源太郎はお梅と逢引稲荷で待ち合わせることに到った経緯を語った。

「やはりか」

源之助は納得したものの、ふと苦笑が漏れるのを禁じ得ない。

「矢作の言葉が気になったな」

「それは……」

口ごもっているが今の態度で肯定していることは明らかだ。

「申し訳ございません」

「そのことはよい。それより、お梅という女、まこと、お静殺しについて何を語ろうとしたかということだ」

「お静を殺した人間について心当たりがあるものと、わたしは思ったのですが……。

お梅を殺した者とお静殺しの下手人、同じ人間に違いありません」

「その可能性は高い。それにしても、おまえの濡れ衣を晴らさねばならん」

源之助は砧を振り返った。砧は、

「あいにく、源太郎殿の刀に血がべっとりと」

「ですから、それは、下手人に殴られて……」

源太郎は新藤に捕まるまでの経緯を語った。努めて冷静さを保とうとしているものの、やはり動揺を抑えられないのか、肩が小刻みに震えている。それでも現場にいた物乞いが殺しの状況を見ていたかもしれないことを話した。

「源太郎殿の言い分はわかります。しかし、それを否定するだけのものが出て来ない限り、つまり、下手人が出てこない限り、源太郎殿を解き放つわけにはいかぬのです」

砧は言った。いかにも、その通りである。源太郎の言葉だけで、濡れ衣が晴れたと解き放つわけにはいかない。

「それはごもっともです」

源之助とてもそう言わざるを得ない。

「明日の朝、北町へ、お報せすることとなります」

砧は言った。
源太郎は顔を歪ませがっくりと肩を落とした。
「たわけが、堂々とせよ。己が潔白ならば、何を臆することがあろうぞ」
源之助は声を励ます。
源太郎は顔を上げた。その表情は強張りながらも、気持ちを強く持っていた。
物乞いか……。源太郎の濡れ衣を晴らすには現場にいた物乞いを見つけ出さねば。

第四章　罠に落ちた息子

一

自宅に戻った。

夜九つ（午前零時）を回り、八丁堀といっても森閑とした闇の中にある。夏の夜は短いとはいえ、まだまだ眠りの中にあった。その八丁堀にあって、源之助の踏みしめる足音はひときわ際立っている。近所を憚り、そっと格子戸を開ける。暗がりの中に人影があった。久恵が玄関で船を漕いでいる。

久恵ははっとしたように背筋を伸ばした。

「お帰りなさいませ」

挨拶の声に不安が滲んでいる。きっと、息子の身を案じ眠れぬ夜を過ごしていたのだろう。源之助の刀を受け取り、居間へと入った。

「源太郎に会ってきた。夜鷹を斬ったという疑いをかけられておる」

「まあ……」

久恵は絶句した。

「源太郎は濡れ衣だと申しておる。わたしは源太郎を信じる」

静かに告げた。

心の動揺を必死で抑えようとしているのだろう。久恵の息遣いが乱れている。無理もない。ただ一人の息子が殺しの罪で囚われてしまったのだ。久恵ならずとも、平生を保てるはずはない。

それでも自分の弱気、迷いをたしなめるように久恵は毅然と背筋を伸ばした。

「わたしも……。わたしも源太郎を信じます」

そう言った時の久恵には強い意志が込められていた。

「よし、ならば、寝るぞ」

源之助は努めて明るい物言いをした。

久恵は首を縦に振ると寝支度に取りかかった。雲間から覗く月がやたらと白く照り、それが、息子の潔白を示しているようで励まされた。

寝間に入り、蚊帳《かや》の中に身を入れた。布団に横たわる。まもなく久恵も横の布団に入って来た。言葉を交わすこともなく両目を閉じた。

瞼に浮かぶのは源太郎の顔だ。眦《まなじり》を決し、無実を訴える瞳。焦りと怒り、後悔と反省、更には申し訳なさに満ち溢れていたその表情。なんとしても、濡れ衣を晴らしてやらねば。こんな時、居眠り番という暇な部署にあることは幸いというものだが、奉行所として私情を挟んだ御用など許されるはずはない。明朝、火盗改から奉行所に源太郎捕縛の報せが入るだろう。そうなった時、奉行所は奉行所で方針を決めるはずだ。

まずは、源太郎の上役であり筆頭同心の緒方《おがた》に会うべきだ。会って、夜鷹殺しの探索を行うことを言うつもりである。

そう心に決め両目をきつく閉じる。

しかし、なかなか寝付けない。久恵の息遣いが聞こえる。寝付けないのだろう。何か話をしようと思うが、話すことといえば源太郎のことに決まっている。そうなれば、嫌でも、不安を募らせるだけだ。益々、混迷を深めるだけで、久恵の気持ちを高ぶらせるだけだろう。

久恵も同様の思いらしく、口を利かないでいる。お互いの気遣いが二人の心を暗いものへと陥れていく。

布団の中でしばしもがいていると、静寂の中、久恵の寝息が聞こえた。

意外と胆が据わっている。

「ふう」

源之助は強い吐息を吐いた。

とうとう明け方まで眠ることができなかった。

白々明けの空の下、源之助は縁側に出た。大きく伸びをする。

事態は思わぬ方向へと動いてしまった。


十五日の朝、奉行所へ出仕した。

真っ直ぐに同心詰所へと向かう。緒方小五郎《こごろう》が待っていた。源之助の後任として三年前に筆頭同心となった。永年、例繰方《れいくりかた》としてもっぱら事務方を経験してきただけに、温厚な人柄であるが、今朝ばかりはさすがに厳しい顔つきである。二人は無言のうちに表に出た。

「御面倒をおかけいたします」

まずは謝罪をした。

「いや、驚き入りましたが」

緒方もどう答えていいのかわからない様子である。

「これから、与力さまと協議をするつもりです」

「こんなことを申せる立場にはありませんが、わたしは源太郎の濡れ衣を信じております」

「それは我らとて同じこと」

「わたしが探索をしたいと申したらお許しくださいますか」

源之助は丁重に申し出た。

「それは……」

緒方とて思わぬ事に返事をできないのだろう。無理もないことだ。緒方を責めることはできない。

「ともかく、与力さまとの協議をして」

緒方はそう言い残して奉行所の建屋へと入って行った。蟬しぐれが恨めしい。緒方が建屋の入ったところで牧村新之助がやって来た。

「源太郎の姿が見えませんが……。あいつ、やたらと張り切っておりましたが、張り切り過ぎてぶっ倒れたのではありませんか」

新之助の屈託のない笑顔を見ていると申し訳なさで胸が塞がれる。

「それがな」

隠し立てはできない。

「すまんが、ちょっと」

居眠り番へと誘った。源之助のそんな様子から新之助は危機感を抱いたようだ。神妙な表情で居眠り番へとついて来た。

「昨晩、火盗改に捕まった。夜鷹を殺した罪だ」

「そ、そんな……」

新之助は息を呑んだ。とても信じられないといった顔つきだ。

「お梅とか申す夜鷹を斬った疑いだ」

火盗改で確かめてきたことをかいつまんで語った。見る見る新之助の表情が険しくなっていく。

「そんなことを、あいつ、あの後も独りで聞き込みを……」

新之助は唇を嚙んだ。

「まこと、身勝手な振る舞いというか、功を焦る余りのことだ。この失態、到底許されるものではないが、ともかく、濡れ衣は晴らさねばならん」

「もちろんです。あいつ、この秋に祝言を挙げることで、手柄を立てようと必死でしたからな」

「まあ、未熟といえば未熟だが。未熟ですませられることではない。源太郎やわたしのことはともかく、八丁堀同心が夜鷹を斬ったなど、奉行所の体面にも大きく関わることだからな」

「それよりもなによりも、まずは、源太郎のことです」

新之助は強く言った。

「すまぬ」

源之助は頭を垂れた。

「やめてください。あいつの好きにさせたのはわたしの監督不行き届きということもあるのですから。それに、わたしが京次と一杯やっている時、あいつは独り聞き込みをしていたのです。功名心や功を焦る余りの行動であったとはいえ、職務熱心なことに変わりはありません」

新之助の語調が乱れていく、話しているうちに感情が高ぶっているようだ。その気持ちがうれしい。だが、新之助を暴走させるわけにはいかない。

「なんとしても、濡れ衣を晴らします」

新之助は勇んだ。

「気持ちはありがたいが、ここはわたしが行う」

「いや、それは」

新之助は口ごもる。

「今、緒方殿が与力さまと協議をなさっておるところだ。その協議によって動き方も変わろう」

自分に落ち着けと諫《いさ》める。

「承知致しました」

新之助も軽挙妄動は慎むべきと思ったようだ。

「では、これにて」

一旦、新之助は表に出た。

緒方の協議が終わるまでじりじりと火で炙《あぶ》られるような思いで待ち続けた。

やがて、

「失礼致す」

と、緒方が入って来た。

新之助も一緒である。

源之助は威儀を正した。二人は沈痛な顔で源之助の前に座る。

「火盗改から、源太郎捕縛の報せを受け、当奉行所において、夜鷹殺しを探索したい旨、申し越しました。火盗改の同心殿は承諾してくれましたが、三日しか猶予はござらん。それを過ぎれば、源太郎には処罰を下す所存ということです」

緒方が言った。

「お手数おかけ致す」

「ただし、このこと、奉行所の体面に関わることゆえ、表沙汰にはできません」

緒方の言い方には釘を刺すような迫力が感じられた。

「それゆえ、探索は極秘に行う」

緒方が付け加えた。

「わたしが行います」

当然の如く新之助が申し出る。

「私情を挟むことになり、申し出辛いことなれど、わたしも探索に加わりたく存じます」

源之助も言い添えた。

「私情を挟むのは、公務において絶対に避けねばならぬことながら、私情と申せば、我ら源太郎とは同僚。みながみな私情という点では同じこと。蔵間殿、お一人ではござらん」

緒方の気遣いが胸に染みる。

「では、早速」

新之助は勢いよく立ち上がった。

二

源之助を送り出してから久恵は到底一人で心落ち着くことはなかった。

「そうだわ」

まずはこのこと矢作家に報せねば。

このような大事、いずれ伝わる。まずは、こちらから報せるのが筋。場合によっては、考えたくはないが、源太郎が処罰されるようなことにでもなれば、当然婚約は破棄になる。いや、火盗改に捕縛された段階で既に破棄されても文句は言えない。ならばこちらから、出向かねば。

久恵は強い気持ちを持って矢作の屋敷へと向かった。

「お早うございます」

久恵が声をかけると、矢作が身支度を終えて、玄関に出て来るところだった。美津がそれを見送っている。

「まあ、ようこそ」

美津の屈託のない笑顔が今日に限ってはやけに目に沁みる。

「お母上、ようこそ、わたしは、出仕しますので、どうぞ、ごゆるりと」

矢作が出て行こうとした。それを、

「まことに申し訳ございませんが、少し、お話を聞いてくださいませんか」

久恵の改まった申し出に矢作は怪訝な表情を浮かべたがじきに、

「わかりました。まあ、どうぞ」

と、踵を返した。

美津も訝しんだが、久恵にただならないものを感じたのだろう、口を閉ざして久恵を母屋に導き入れた。居間に入るまで三人とも口を閉ざした、美津がお茶を用意しようとしたが、

「結構ですよ」

優しげだがきっぱりとした久恵の申し出に美津は浮かした腰を落ち着けた。

「お母上」

矢作らしくない柔らかな物言いである。突如訪問して来た久恵に対する戸惑いと気遣いが交錯していた。

「本日まいりましたのは他でもございません。源太郎のことなのです」

そうまず言い置いた。

美津も矢作も口を閉ざし、久恵の言葉を待っている。

「昨晩、火盗改からお使いがまいられました」

と、昨晩の源太郎捕縛の経緯を語った。

美津の顔は戸惑いから疑念、さらには悲しみへと変化した。対して、矢作は落ち着いている。

「主人が火盗改にまいりました。源太郎は濡れ衣だと申したそうです。わたしは、源太郎の無実を信じておりますが、いかんせん、母の欲目ととられても世間さまへは申し開きできません」

「わたしも無実を信じます」

美津の口調は力強い。

「むろんのこと」

矢作も即座に応じる。

「ありがとうございます」

久恵は両目から涙を溢れさせた。それから、背筋をぴんと伸ばし、

「美津殿、このたび、源太郎がこのようなことになり、まこと、申し訳なく思います。何を以っても、お詫びすることかないません。ですから、婚約の儀は」

と、ここまで言った時、

「破棄しません、したくありません」

美津は激しく首を横に振った。

「ですが、源太郎は火盗改に捕縛されたのです」

「濡れ衣です」

美津はきっぱりと言う。

「たとえ濡れ衣であったとしましても、火盗改の手を煩わせたのは、町方の御用を行う者としましてはあるまじき所業。そんな者と美津殿が夫婦になるなど、美津殿の評判にもかかわりましょう。美津殿ならば、よきお相手が」

「およしになってください」

美津は矢作を見た。

「わたくしは源太郎さまの女房になると心に決めたのです。妻たる者、夫を信じついてまいるのは当然のことです」

それを受けて矢作も、

「火盗改の手を煩わせたのは気にすることはござらん。わたしなどは、最近でこそ大人しくなったが、何度上役の叱責を受けたことか。旗本や大名家の家臣と揉め事、場合によっては喧嘩沙汰を起こし、評定所《ひょうじょうしょ》に呼ばれたこともあります。そうだ、謹慎になったこともありましたな。それを蔵間殿に助けてもらった。殺しの濡れ衣を着せられたのでした。わたしを思えば、源太郎の所業など取るに足りぬとは申さんが、大したことござらん」

すると、美津がくすりと笑った。

「兄上と一緒にしてはいけませんよ」

「それもそうだな」

矢作も豪快に笑い飛ばした。

二人の笑顔を見ると波立った心が静まってゆく。

「ですから、お母上、安心なさってください。美津はこのように申しておりますし、わたしだって、源太郎のことを信じております。弟のつもりでおります。それに……」

「どうしたのですか」

美津が矢作が口を閉ざしたことを気にかけているようだ。

「源太郎が聞き込みを熱心に行っていたのには、わたしの責任でもあるような気がするのです」

「どういうことでございますか」

久恵は目をしばたたいた。

「わたしが、叱咤してしまったのですよ。がんばれと、生真面目なあいつのことです。それで張り切る余り……」

「兄上、まったく余計なことを」

美津は顔をしかめた。

「言い過ぎました」

矢作は頭《こうべ》を垂れた。

「頭を上げてください。矢作さまに非はありません。同心が役目に懸命になることは当たり前のことです。ましてや、あの子は見習いの身。人の倍も三倍も働かなくてはならないのです」

「さすがは、お母上。それでこそ、蔵間源之助の妻、源太郎の母だ。なあ、美津」

「はい」

美津も力強くうなずく。

「美津、おまえの目に狂いはないぞ」

「兄上、お世辞などは無用です。それより、源太郎さまの濡れ衣を……」

「もちろんだ」

矢作は請け負う。

「お気持ちはありがたいですが、北町でも何らかの動きを示すでしょうから」

「いや、わたしはわたしで動きます」

「兄上、くれぐれも慎重にお願い申し上げます」

「任せておけ」

矢作は大きく胸を叩いた。

「本当にありがとうございます」

久恵は深々と頭を垂れる。

「わたくしも」

美津も身を乗り出した。

「馬鹿、おまえこそ、余計なことをするな。女だてらに」

「ですけど、じっとしてなどいられません」

「こうした時、じっとしているのが、八丁堀同心の妻というものなのだ。お母上を見習え」

「ですが」

抗う美津に、

「これ以上、口出しするな」

頭ごなしにどやしつける矢作である。

「兄上はすぐそれです」

美津は反発した。

「すみません、お母上、みっともないところをお見せしてしまって」

矢作は頭を掻いた。

「ともかく、ご心配をおかけします」

「ご心配なのはお母上です。どうか、気を確かに持たれよ」

矢作にしては珍しいいたわりの言葉に胸がつかれる思いである。

「ありがとうございます」

久恵は言ってから腰を上げた。なんだか、ずいぶんと気持ちが落ち着いた。切迫した思いは和らいでいる。しかし、現実には源太郎は捕縛されたままなのであり、この先、最悪の事態も想定できるのである。

「源太郎」

つい、こぼしてしまった。

「朝顔〜朝顔〜」

朝顔売りの売り声が耳に届いた。真っ青な空に白く光る雲がいかにも不似合いに思える。再び源太郎とあの朝顔を愛《め》で、青空を仰ぎ見ることができるのだろうか。

そんな日が必ず来ることを祈りつつ、矢作の屋敷を後にした。

三

矢作はその足で日本橋本石町にある火盗改飯盛伯耆助智成《ともなり》の屋敷へとやって来た。こうと決めたら迅速果敢なのが矢作である。

矢作は半ば強引に源太郎との面談に漕ぎつけた。砧甚五郎と共に座敷に入るなり、

「おう、元気そうだな」

矢作らしい、いささか乱暴とも言える励ましとも挨拶とも区別がつかない呼びかけをした。

「矢作殿」

源太郎は憔悴した中にも希望を見たかのようにして矢作を見返す。

「ずいぶんと張り切ったのだろう」

「それより、どうして、ここに」

源太郎は戸惑いを隠せないようだ。

「今朝、お母上がお越しになった」

と、久恵の来訪を簡単に語った。

「母上が……」

源太郎は唇をへの字に引き結んだ。

「そうだ、これ」

矢作は朝顔の鉢植えを置いた。

「おお」

源太郎の顔は綻《ほころ》んだ。朝日を受け、真っ白な花を咲かせる朝顔は一服の清涼感をくれた。

「それからな」

懐から竹の皮包みを取り出す。

「いけませんよ」

源太郎は砧の目を気にしている。砧は横で顔をしかめていた。

「いいんだよ。砧殿とは旧知の仲だ」

矢作の一言で安心感に浸ることができた。

矢作はそっと耳元で囁くように、いや、わざと砧に聞こえるように、

「何年か前だけどな、砧殿が追っていた盗人、足の速い奴でな、危うく取り逃がすところだった。それを……」

矢作は小袖の袖を捲り上げた。たくましい二の腕が剝き出しになる。砧は顔をしかめる。なるほど、砧には貸しがあるということだ。だからといって、甘えていいわけではない。

「さあ、食ってやれ」

矢作は竹の皮の包みを開けた。真っ白な握り飯に沢庵が添えられている。美津が握ってくれたものだ。

「かたじけない」

心の底からそう言うと源太郎は握り飯を頬張った。塩気が強いのは矢作の好みのようだ。だが、それが今日は妙に美味い。ささくれた心までもが癒《い》えていくようだ。

「心配するな。おれも、お父上もそれに北町だっておまえを見捨てやしないさ」

「はあ」

「おまえ、おれが叱咤したから張り切り過ぎたのだろう」

「いえ、そのようなことは」

「まったく、生真面目だからな。もっとも、それがおまえのいい所だが。それで、どうして濡れ衣を着せられたんだ」

源太郎はすっかり恐縮の体《てい》で、お静殺しの探索を行ううちに逢引稲荷でお梅と会うことになったこと、そこで気絶させられたこと、殺しの現場には物乞いがいたことを語った。

「ならば、まずは、おれは何処から探索をするかな。その、お梅が殺されるのを見たかもしれないという物乞いを見つけ出すか」

「ですが、北町の動きもございますし」

「そうだな、各々が勝手にやっても成果は得られない」

矢作は思い直したように思案をした。

「兄上、ご親切に対して、申し訳ないのですが、あまりその……」

「暴走するなと言いたいのだろう。心配するな。おれだって、慎重に対処すべきとはわかっている」

「本当ですか」

「ああ」

矢作は胸を叩いた。それから、

「じゃあ、心を強く持って吉報を待っていろよ」

と、言葉をかける。

「わかりました」

矢作と言葉を交わし、ずいぶんと気が楽になった。

「ちょっと」

矢作は砧に声をかける。砧はしかめっ面で近づいて来た。

「風神の喜代四郎一味、その後、どうなんだ」

今度は本当に声をひそめた。

「どうとは……」

砧の目にはたちまちにして警戒の色が浮かんだ。

「行方がわかったのかと聞いているんだ」

矢作には遠慮というものがない。相手がどうあろうと知りたいことは無遠慮に確かめる。

「まだ、摑めぬ」

「まことか」

「ああ」

「尻尾くらいは摑んだであろう」

「知らん」

「秘密主義だな、火盗改は。だがな、ぼけぼけしていると、風神一味、動き出すのではないか」

「そんなこと、貴殿に言われなくてもわかっている」

砧の目が尖《とが》った。

「おまえ、米沢町の稲荷の周りを夜回りしていたということは、あの辺りに風神一味の巣窟があると睨んでいるのだろう」

「違う！」

強く否定したことが逆に睨んだ通りのようだ。

「まあ、いいだろう」

矢作はニヤリとした。

「うるさい男だ。用がすんだら、さっさと出て行ってくれ」

「わかったよ、そう邪険にするな」

矢作らしい快活さで言うと大股で歩いて行った。


源之助と新之助は京次の家にやって来た。お峰が留守ということが幸いし、家の中で協議することができた。源之助は源太郎から聞いた物乞いについて話した。

「きっと、濡れ衣ですよ。源太郎さん、嵌《は》められたんだ」

京次はいきり立つ。

「まあ、落ち着け」

新之助が諫める。

「ともかく、物乞いを探そうじゃありませんか。それに、夜鷹への聞き込みも欠かせませんや」

「ならば、夜鷹への聞き込みはわたしが行う。あの辺りの夜鷹を束ねているのは誰だ」

源之助は京次に聞いた。

「お兼《かね》って女ですよ。薬研堀《やげんぼり》の長屋に住んでいます」

「よしわかった」

「じゃあ、あっしらは、物乞いの行方を追いかけます」

と、京次が言ったところで、

「御免」

と、格子戸が開いた。声を聞いただけで矢作とわかる。みな顔を見合わせたが、

「あいつも、知ったようだな」

源之助が言うと、

「邪魔するぞ」

と、矢作は大股で入って来た。京次は背筋をぴいんと伸ばした。新之助は笑顔を取り繕った。

「源太郎、とんだことになったな」

矢作はどっかと腰を下ろし、久恵が尋ねて来たことを話した。

「それで、火盗改に行って来た。あいつ、元気そうだった」

「いつもながら、動きは敏速だな」

「当たり前だ。ましてや、可愛い弟の窮地なのだ。これがのんびりと座って、茶など飲んでいられるか」

矢作の言葉に湯呑に手を伸ばした京次と新之助は手を止めた。

「だから、おれも、一枚嚙むぞ」

矢作は有無を言わせない言い方だ。

「拒んでも、無駄だろうな」

源之助に受け入られたと思ったのか矢作は、

「で、これからどうする」

これには新之助が答えた。

「聞き込みを行う。わたしと京次が物乞いを探し、蔵間殿は夜鷹への聞き込みだ」

「夜鷹の聞き込みはおれがしよう」

矢作は事もなげに言う。

「おい、おい、横から口を挟むのか」

新之助が言う、京次も面白くなさそうだ。矢作が加わるとやはり、和というものが乱れる。源之助の心配をよそに矢作はけろっとしたもので、

「親父殿には喜多方藩のなんとかいう侍」

「御用方の新藤総十郎殿だ」

源之助が返す。

「その、新藤殿を訪ねてもらいたい。新藤殿にもう一度、現場の様子を確かめてもらいたいのだ。夜鷹はおれに任せろ」

矢作はいかにも夜鷹は手慣れていると言いたげである。

「それでよいな」

源之助は新之助と京次に確かめた。源之助が承知したからだろう、二人とも異存は挟まなかった。

「ならば、早速、行動開始だ」

矢作は腰を上げたと思ったら、風のように出て行った。

「まったく、忙しいお人ですね」

京次が言う。

「蔵間殿もずいぶんとやんちゃな男と親戚になるものですな」

新之助も言った。

「親戚になるかどうかは、これからの探索にかかっておる」

源之助の言葉に京次も新之助も口を閉ざした。

「まこと、その通り」

新之助の言葉は重くなった。

「ほんと、あっしらも矢作さまを見習わなければいけませんや」

京次も気を引き締めるようだ。

そこへ、

「ただ今」

と、お峰が帰って来た。

「おや、みなさん、お揃いで。何か楽しもうっていうんですか」

その言葉は呑気なものだったが、

「まあな」

源之助が軽くいなした。

「おや、源太郎さまは」

お峰がいぶかしむと源之助は、身体を壊したことにした。

「ずいぶん、張り切っておられましたからね」

お峰の言葉に三人はそそくさと家を出て行った。

四

源之助は喜多方藩上屋敷へとやって来た。両国橋を渡り北へ二町ほど歩いた大川端である。

裏門に回り、新藤総十郎を呼び出す。あいにくと新藤は不在で、近くにある町道場に稽古に行っているという。

「何処でござるか」

門番は親切な男であるらしく、

「両国東広小路にある無外流《むがいりゅう》大町《おおまち》道場です」

と、道順まで教えてくれた。稽古先まで押しかけるべきか、遠慮すべきかとは思ったが、藩邸では聞くことができない話が聞けるのではないかという期待も抱いた。門番に礼を言ってから大町道場を訪ねた。

無外流は古式然とした、質実剛健の気風があり、そのせいで、道場もどこかぴりぴりとした雰囲気が漂っている。道場の門を潜り、取次ぎを願った。

すぐに、紺の胴着に身を包んだ新藤がやって来た。

「北町の蔵間殿……。でござるか」

新藤はいぶかしげな眼差しを送ってくる。それから記憶の糸を手繰《たぐ》るようにして目を細めていたが、

「ああ、まさか、蔵間といえば」

「そうです。貴殿が夜鷹殺しの下手人として捕えた蔵間源太郎の父でござる」

「ほう。そうか」

しばし、源之助を見ていたが、

「して、何用でござる」

と、いかにも横柄《おうへい》に訊いてきた。

「あの晩のこと、いま少しお聞かせいただきたい」

源之助は目を厳しくした。

「話すも何も、拙者の話は火盗改にて確かめるがよかろう。確か、砧と申す同心に貴殿の倅を引き渡した」

「貴殿から聞きたいのだ」

「まさか、息子が拙者に濡れ衣を着せられたとでも思っておるのか」

「そのことをはっきりとさせたい」

「火盗改へ行かれよ」

新藤はくるりと背中を向けた。あまりに人を馬鹿にした態度だ。取り着く島もないとはこのことである。

「待たれよ」

強く言った。

「まだ、用があるのか」

「まだではござらん。用は一向にすんではおらん」

源之助は強い口調で返した。

「無礼な。町方の役人が、己が倅の罪をもみ消そうというのか。申しておく。おまえの倅の刀は夜鷹の血で汚れておったのだ」

話はすんだとばかりに新藤は吐き捨てた。

「勝負だ」

「なんだと」

新藤は目を剝く。

「ここは道場。ひとつ、真剣とは申しませんが、手合わせ致しましょうぞ」

「本気か」

新藤は頬を綻ばせた。どうやら、根っからの剣術好きのようだ。こうした対戦を何よりも楽しみにしているようだ。

「武士に二言《にごん》はない」

「面白い。手合わせしようではないか」

「但し、条件がある」

「わかっておる。拙者が負けたら、あの晩のこと詳しく話せというのだろう」

新藤は言った。

源之助はうなずく。

源之助は胴着と木刀を借りた。新藤はこの道場で師範代を務めているそうだ。そのことからも、並々ならぬ腕前であることがわかる。

それを表すように新藤の構えには隙がなかった。

源之助と三間の間合いを取り、睨み合うその姿には気負いなど一切なく、ただ、その獣のような鋭い眼差しが源之助を射すくめるように尖っている。道場の門人たちは、突如として生じた師範代と見知らぬ男の手合わせに、事情はわからずとも興味津々《しんしん》の目を向けてきた。

「いざ！」

新藤はすり足で間合いを縮め、木刀を振り下ろしてきた。源之助はさっと身を引く。新藤の木刀は空を切り、鋭い風音を響かせる。

源之助の背中に一筋の汗が滴り落ちた。武者窓の隙間から陽光が差し、新藤の背中を焦がしている。陽炎《かげろう》の揺らめきの中、新藤の姿がぼんやりとして見えた。

「てえい」

源之助は突きを繰り出す。これは新藤によって見破られていて、いとも簡単に体をかわすと、源之助の籠手《こて》を狙われた。

源之助は既《すんで》のところで木刀で弾き返す。

すると、間髪《かんはつ》入れず、新藤が猛然と打ち込んで来た。

源之助も受けて立つ。

二人は木刀を重ね合い、道場の真ん中で微動だにしなかった。

「おのれ」

新藤の顔は激しく歪んだ。思い通りにならない苛立ちを滲ませている。おそらくは道場では無敵を誇ってきたのだろう。

それが、高々八丁堀同心と蔑《さげす》んでいた源之助が予想以上に腕が立ち、自分の技をことごとく突き返していることに、大いなる驚きと苛立ちを募らせているに違いない。

「どうされた」

源之助は挑発した。

新藤は悔しげに両の腕に力を込める。と、そこで、源之助はさっと身を引いた。

思いもかけない源之助の動きに翻弄され、新藤の身体が均衡を崩した。

それが焦りを誘ったようで、新藤の動きが大きくなった。木刀を大上段に構え直したところを源之助は下段からすり上げた。

「ああっ」

新藤の手から木刀が宙に飛んだ。

誰もが認める勝負ありの瞬間である。

潔《いさぎよ》く負けを認めた新藤は、着替えを終えてから源之助と庭先で話をした。

「貴殿、なかなかの腕」

まずは源之助の腕を絶賛した。それを軽くいなしてから、

「では、お聞かせくだされ」

と、言った。

「まずは、あの晩、逢引稲荷に行かれたのはいかなるわけですか」

「夜回りだ」

「夜回りとは」

「近頃は物騒でな。喜多方の国許より、盗人に用心せよとのお触れがあった。藩邸の周囲を見回り、更には両国橋も西に渡って、盗人一味を捕えてやろうと思った」

新藤の腕からすれば、いや、腕試しをしたかったようだ。

「稲荷には源太郎の他に見かけたものはおりませんか」

「さて、それは」

新藤は視線を彷徨《さまよ》わせた。

「物乞いのような者とは出くわしませんでしたか」

「知らん」

新藤は言下《げんか》に否定した。

新藤が稲荷に入って来た時には物乞いは姿を消していたということか。だが、あそこまでは一本道だ。いかに、闇とはいえ、人の気配に気がつかないとは思えない。

「夜鷹連中は見たのでござろう」

「いかにも。夜鷹が騒ぎおるのを耳にし、稲荷へ駆けつけた。そこで、貴殿の御子息と遭遇したということだ」

新藤はもうこれ以上話すことはないと、一方的に話を打ち切った。

第五章　執念の聞き込み

一

一方、矢作は夜鷹頭《がしら》のお兼の家へと乗り込んだ。薬研堀にある小体《こてい》な一軒屋がその住まいである。格子戸を開け、

「御免、起きろ」

持ち前の大声で呼ばわると奥からもぞもぞと人の気配はあるが、声は返されない。

「手入れだぞ！」

尚のこと声を大きくした。そこでようやく、何人かの女が出て来た。みな、眠気《ねぼけ》眼《まなこ》をこすりながらおずおずと矢作を見た。

「悪いな、お兼を起こしてくれ。おれは南町の矢作だ。何、手入れじゃない。ちょっ

来た。

と、話を聞きたいだけだ」

女たちが奥へ引っ込みしばらくしてから大年増の女があくびを漏らしながらやって来た。

「なんだ、なんだ、もうちっとは色気を出せよ」

うんざり顔で矢作は言う。

「なんですよ、矢作の旦那じゃないですか。こんな早くに一体なんの用ですよ」

「こんな早くとはご挨拶だな。もう、お天道《てんと》さまは天辺《てっぺん》だぜ」

「そら、堅気のお人ですよ。こちとら夜が商売ですからね」

いかにも気だるそうにお兼は二の腕をぽりぽりと搔いた。

「まあ、そう言うな」

矢作は持参の五合徳利をお兼に差し出す。お兼は礼を言うと矢作を家の中に入れようとしたが、矢作はここでいいと上がり框に腰かけた。お兼も玄関に座り込む。

「で、聞きたいのは、逢引稲荷でお梅って女が斬られた一件だ」

途端にお兼の顔が歪んだ。それから、

「そうなんですよ。大きな声じゃ言えませんけどね、斬ったのは……」

玄関に矢作と自分しかいないのは明らかなのだが、お兼は大袈裟な仕草で見回して

から、

「旦那とご同業なんですよ。北町ですけどね」

と、言った。それから少し間を取り、

「火盗改さまにお縄にされて連れて行かれましたよ。まったく、世の中、どうなっているんですかね。八丁堀の旦那が夜鷹を斬るなんて。お梅ちゃん、いい娘だったんですよ」

「娘ではなかろう。もう、三十は過ぎていたのではないか」

「そんなの、あたしらにとっちゃあ、娘ですよ。でも、気立てのいい優しい娘でしてね、客もよく取っていたっていうのに。殺した同心はずいぶんと若い男だったそうですけど、何か揉め事でもあったんですかね。金払いのことで折り合いがつかなかったとか。何か無礼に感じたことがあったとか。それにしたって、何も殺すことないじゃないか」

お兼は次第に激してきた。

「そうか、まあ、それはともかく、逢引稲荷に物乞いがいたって聞いたんだがな」

「へえそうですか。ひょっとしたら、むっつり爺いかな」

お兼は思案するように眉根を寄せた。

「なんだ、むっつり爺いとは」

「最近になって逢引稲荷で見かける物乞いなんですがね、一言もしゃべらず、ただ、じっと、しているんですよ。それで、時々ニヤニヤしたりして」

「何処に住んでいるのだ」

「住んでいる所なんて知りませんし、ありはしないでしょう。物乞いなんですから」

「まあ、それもそうだが」

「とにかく、気儘に物乞いをしているんですけどね、でも、恵んでもらうのに熱心じゃなし、なんだか、わけのわからない爺さんですよ。まあ、害があるわけじゃなし、放っておいていますけどね。ああ、そうだ。変わっているっていうか、時折、銭を恵んでくれるんですよ」

「銭を恵んでくれる物乞いなんぞ聞いたことがないが。まあ、いい。そのむっつり爺いを見かけたら教えてくれよ」

「そりゃ、いいですけどね、あたしら出歩くのは夜中ですよ」

「夜中だってかまわんさ」

「わざわざ、八丁堀まで報せるんですか。そんなことしているうちに、爺いさん、どっかへ行っちまいますよ」

お兼はけたけたと笑った。

「それもそうか」

矢作も苦笑を浮かべる。

「まあ、気をつけておきますけど、むっつり爺いを見つけてどうするんですよ」

「殺しの現場を見ていたはずなんだ」

「だって、北町の同心の仕業なんですよね」

お兼はいぶかしむ。

「違う。下手人は別にいるんだ」

矢作はきっぱり否定した。

「でも、新藤さまはその同心の仕業だって」

「新藤さまって、喜多方藩の御用方の侍だな。おまえ、知っているのか」

大藩の家臣と夜鷹にどんな接点があるのだろう。

「知ってるってほどじゃござんせんがね、ここら辺りを夜回りしてくださるんですよ。それで、時折、挨拶程度ですけどね、話をしたりすることはありますよ」

「ほう、夜回りをしておられるのか」

「物騒な世の中だそうで、火盗改や町方には任せておけないとおっしゃいましてね」

「ふ〜ん、なるほどな」

少々変わり者なのかもしれない。お兼が話はすんだとばかりに腰を浮かしたが、

「それから……」

「まだ、あるんですか。いい加減、眠いんですけどね」

「まあ、そう言うな」

と、一分金を握らせてから、

「お静のことだ」

「お静……」

お兼は小首を傾げた。

「そうだよ。お静、この前に殺されただろう。お梅と同じく逢引稲荷だった。ここに住んでいるんじゃなくて、米沢町の富士店にいるって女だ」

「知りませんよ」

小首を傾げるお兼に嘘はなさそうだ。

「夜鷹だぞ。やはり、逢引稲荷で殺された」

もう一度繰り返す。

「女が殺されたことは聞いていますけど、お静なんて夜鷹はいませんよ。嘘だと思う

のなら、みんなに聞いてみますか」

「おお、頼む」

一体、どういうことだという疑問に駆られる。

お兼に呼ばれ、夜鷹たちがやって来た。その数八人である。

「みんな、矢作の旦那が、お静って女知ってるかって、お尋ねなんだよ」

お兼はみなを見回した。

みな口を閉ざしている。

「知ってるだろう。この前、逢引稲荷で殺された女だ。首を絞められてな」

みな一応に顔を見合わせて首を捻るばかりである。

「ね、嘘をついているんじゃないのわかったでしょう」

「なら、こう聞く。お静はみんなの仲間じゃなかったと思うんだが、夜鷹として、この辺りで商売をしていたんじゃないのか」

「そんなことあるわけないですよ」

お兼は鼻白《はなじろ》んだ。それから、

「ここらで夜鷹をやろうってのに、あたしに挨拶がないってのはおかしなことですよ。一人でできるほど、この商売、優しくないんですから。やくざ者とか、八丁堀の旦那とか、ややこしいのがいますからね」

さすがに矢作は苦笑を漏らしたが、お兼に言われなくてもそれくらいのことはわかる。いかにもその通りだ。

「しかし、おかしな話だな。お梅はお静のことをよく知っていたようなんだ」

「まさか」

「まさかじゃないさ。お梅を殺したと思われている北町の同心は、お静殺しの手がかりを得ようとしていた。それで聞き込みを続けるうちにお梅がお静をよく知っていることがわかった。それで、逢引稲荷で待ち合わせたんだ」

矢作の言葉をお兼は不思議そうな顔で聞いてから、

「そんなこと考えられないけどね、どうだい、みんな」

声をかけられ夜鷹たちは困ったように首を捻っていた。

「いえね、お梅だって、うちの仲間ですからね。そんな夜鷹を騙《かた》るような女とは付き合うはずがないんですよ」

すると夜鷹たちはみな一様に首を縦に振るばかりだった。

「そうか」

矢作とて、これにはどう答えていいのかわからない。

「でも、なんだってお梅ちゃん、そんなことを八丁堀の旦那に言ったんだろうね」

お兼も気になってきたようだ。

「お梅ってのは、よく稼いでいたのかい」

「まあ、まあだったね。身体が弱かったから、毎日は商売に出ることができなくてね」

「病気持ちかい」

「ずいぶんと咳が止まらなくなる時があってね、そんな時は本当に気の毒でね」

「わかった。ともかく、その、むっつり爺いには気をつけていてくれよ」

矢作はみなを見回した。

みなはこくりとうなずいた。

「これで帰るが、お梅の持ち物、見させてくれ」

「わかりましたよ」

お兼は矢作に早く帰ってもらいたいのかうんざり顔で承知し、夜鷹の一人にお梅の荷物を持って来させた。

行李二つがお梅の所持品である。

ごそごそと探ると薬の紙包みが出てきた。なるほど、病気がちだったようだ。そして、その薬は富士屋で売っているものだ。

――富士屋とお梅――

矢作の脳裏に富士屋治三郎の飄々とした姿が過《よぎ》った。

「邪魔したな」

「まあ、時々、顔を出してくださいよ」

お兼は心にもないことを言ったが、別段腹は立たなかった。

「みんな、身体を大事にな」

矢作は言うと、足早に立ち去った。

二

その十五日の夕刻、源之助と矢作は京次の家に集まった。まずは京次が物乞いの行方が摑めないことを謝った。新之助も同様に申し訳なさを伝えたが、意気軒昂なのは矢作である。

「物乞いはむっつり爺いと綽名《あだな》されているそうだ」

と、お兼から聞き出した成果を話した。

「さすがは、矢作さまだ」

京次が感心した。

「すると、そのむっつり爺いを探すことが近道ということだな」

新之助は矢作が手がかりを摑んだのに、自分は大した成果を持ち帰ることができなかったことを気にしてか悔しげである。

「そういうことだ」

矢作は別段誇ることもなく言うと、

「それから、妙なことがわかった」

と、お静が夜鷹ではなかったのではないかということを持ち出した。

「へえ、そいつは確かに妙ですね。じゃあ、お静は夜鷹を装っていたってことですか。一体、なんのためでしょうね」

京次が疑問を呈した。

「お静が何故夜鷹を装っていたかは置いておくとして、源太郎はお梅に呼び出されたということだ」

矢作の言葉にみなうなずいた。

「どうして、お梅はそんなことをしたんですかね」

京次がいぶかしんだ。

「決まっている。源太郎をお梅殺しの罠に陥れるためだ。なんのために罠に陥れるのか。それも決まっている。お静殺しをうやむやにするためだ。つまり、お静を殺した者とお梅を殺した者は同じってことだ」

矢作は自分の推量に微塵も揺らぎはない。

「お梅は操られたんですね。一体誰に……」

京次の問いかけには、

「おそらくは……」

矢作はお梅の所持品の中から応酬した薬を出した。

「富士屋だ」

京次が驚きの声を上げる。

「お梅は富士屋の薬を持っていた。富士屋とお梅殺し、さらにはお静殺しまでもが結びついたというわけだ」

この時ばかりは矢作は得意げだった。

「そうは言いきれないだろう」

新之助が反論に出た。矢作が目を向けると、

「富士屋の薬を持っていたからって、お静殺しやお梅殺しと結びつけていいものでしょうか。お梅が富士屋の薬の評判を聞いて買ったのかもしれない」

新之助は賛同を求めるように源之助を見た。源之助が答える前に、

「偶然というのか」

いかにも自分の苦労を揶揄《やゆ》されたような気分を抱いているようだ。

「決めつけられないと言っているんだ」

新之助は向きになった。

「なら、おまえ、何か摑んだのか。猶予はないのだ。源太郎が処罰されるまでのんびりと探索しているゆとりはないのだぞ」

「わかってるさ！」

新之助も勢い立つ。

「やめろ」

源之助が間に入った。源太郎を助けようという気が勝る余り、いきりたった雰囲気となっている。

「すみません」

新之助が頭を下げた。源之助は矢作に向き、

「ともかく、矢作は富士屋の線を追ってくれ」

「承知」

矢作は顔をしかめながらも承知した。

「新之助と京次はむっつり爺いを追うのだ」

「わかりました」

京次が勢いよく請け負い、新之助も首を縦に振った。

「ところで、親父殿。喜多方藩の方はいかがでござった」

矢作に言われ、源之助の頰が思わず緩んだのは、新藤との立ち会いを思い出したからである。

「新藤はあの辺りを夜回りしているとのことだ」

と、大町道場で新藤から聞いた話を語った。

「夜回りか」

京次が言うと、

「町方や火盗改は頼りにならんそうだ」

矢作は皮肉まじりにお兼から聞いた新藤による夜回りの話を持ち出した。

これには新之助も顔をしかめた。

「だが、妙なことがある。新藤が駆けつけた時、むっつり爺いは現場から姿を消していたのだが、途中、すれ違いもしなかったというのだ」

「それはおかしい。源太郎はむっつり爺いを目撃しているんだからな」

矢作も疑問を呈した。

「暗がりで見逃したんじゃありませんかね」

京次の答えを、

「それはないだろう」

新之助が否定し、新藤は相当の手練《てだ》れ、むっつり爺いが自分の横をすり抜けるのを見逃すはずはないと言い添えた。

「まったくだ」

矢作も賛成した。

「となると」

京次が視線を凝らした。

「まだ、なんとも言えぬが引き続き接触をしてみる」

源之助は言った。

そこで、今日は解散となった。

源之助は自宅に戻った。

久恵に暗さはない。もう、覚悟を決めたということだろう。

「おまえ、今日、矢作を訪ねたそうだな」

「はい、きちんと話をした方がよいと思いましたので。旦那さまに断りもなく勝手なことをしてしまいました」

久恵は頭を下げた。

「いや、よく行ってくれた」

源之助は言った。

久恵は食事の用意をすると腰を上げたが、

「今日から、源太郎の濡れ衣を晴らすべく行動を開始した」

「お願い致します」

「矢作も懸命にやってくれている」

「ありがたいことです」

「源太郎の奴、幸せ者だ」

「まったくでございますね」

久恵は表情を緩ませた。

「ともかく、我らに任せておけ」

「はい」

久恵は力強く答えて居間から出て行った。ごろんと横になる。事態は思わぬ方向へ走りだした。

お久の訴えがこんな方向へと回っている。

と、ここで、

「親父殿」

と、矢作の声がした。すぐに玄関で久恵の声がする。矢作はどしどしと入って来た。

「もう、お疲れか」

矢作が言う。

「なんの、そんなことはない。それより、どうした」

「富士店だ。立のき、今日中ということだった」

「それがどうした」

「明日には取り壊すそうだ」

「だから……」

源之助はにんまりとした。

「決まっているじゃないか。ちょっと、行ってみないか」

矢作の目が輝いている。

「それは面白そうだな」

「案外、瓢簞《ひょうたん》から駒かもしれんぞ」

「よし、行くか」

源之助も胸が弾む思いにとらわれた。

そこへ、

「お出かけでございますか」

久恵が入って来た。

「ちょっとな」

源之助の言葉数は少ないが、久恵は了解したようで、

「では、少しお待ちください」

「いや、早々に行く。飯はよい」

「いいえ、駄目です」

久恵は台所に戻ると、手早く握り飯を握った。それを竹の皮に包み、源之助と矢作

に渡す。

「かたじけない」

矢作は頭を下げた。

「源太郎のためにご面倒をおかけします」

「お母上、それは言いっこなしです。これは当たり前のことをしているのですから」

「行ってくる」

源之助も声をかけると玄関に向かった。

「さて、何が出るか」

矢作は楽しそうだ。

「大山鳴動して鼠一匹とならぬことを祈るばかりだ」

「親父殿、そんな弱気でどうする」

「それもそうだ。わたしが悪かった」

源之助は表情を引き締めた。

三

源之助と矢作は富士店へとやって来た。

闇の中、長屋は静まり返っている。

「住人はいないようだな」

源之助は竹の皮に包まれた握り飯を取り出した。矢作も腹が減っては戦《いくさ》ができぬとばかりに握り飯を頬張る。静けさの中に二人の握り飯を咀嚼《そしゃく》する音が妙に滑稽に感じられた。路地を犬の遠吠えがする。人気《ひとけ》のなさが際立ち、真夏の夜にもかかわらず、ここばかりは薄ら寒さを感ずる。

木戸の陰に潜み、長屋の中に視線を向けた。犬が走り抜けた先に井戸がある。

「調べてみるか」

源之助が言うと矢作もうなずく。

二人は足音を忍ばせて路地を進んだ。長屋の一軒、一軒の腰高障子を開け、中を覗き込む。夜陰《やいん》にも家財道具一式がきれいに運び出されていることがわかった。お久も既に引っ越した後である。

「あっさりしたもんだなあ」

矢作が言った言葉は妙に合致するものだった。

お久の家の中に入ったところで、ばたばたと溝板を踏む足音がする。思わず身体を伏せた。足音が通り過ぎて行く。矢作が腰高障子の障子を指で破った。源之助も同様にする。

路地を数人の侍たちが走り去る。みな、黒覆面で顔を隠し、何やら探りを入れているようだ。

各家の中を探っている。

「来るぞ」

矢作が囁いた。

侍たちは二人一組になって家の中に入って行った。何やらごそごそと囁き合っては目的の物を得ようとしているようだ。

「どうする親父殿」

「様子見だ」

源之助は言うや、床下へ身を入れた。

「しょうがねえな」

矢作も床下に潜り込む。狭い床下で身をじっと潜めていることは暑苦しさを誘うものだったが、今はそうするしかない。

ひたひたと足音が近づいて来た。

腰高障子が開けられる。二人の侍が入って来た。彼らは土間と板敷の上に視線を這わせる。がんどうを掲げ、家の中を照らした後、板敷に上がって周囲を見回した。

「ここは、吉次の家のはずだ」

侍の一人が言った。

「ならば、ここか」

もう一人が言う。

「縁の下を探るか」

「よし」

二人は縁の下を探るようだ。

――どうする――

このままではみつかる。

源之助と矢作がいかに対処するかを計った時、腰高障子を叩く音がした。二人の侍の動きが止まり、背後に向かう。

「火盗改が夜回りをしている。一旦、引き上げるぞ」

侍が言った。

二人の侍は踵を返し出て行った。

「ふう、危なかったな」

矢作が呟く。

「出るぞ」

実際、暑さに加えて蚊に刺されたかゆみがどうしようもない。二人とも汗だくとなって、床下を這い出た。

「奴ら、何者でござろうな」

矢作が言った。

「さてな」

「何処かの大名家の家臣たちと見たが。すると……」

矢作が言いたいことはわかる。喜多方藩ではないかということだ。

「喜多方藩と考えるのは早計だが、可能性なきにしもあらずだ」

源之助は曖昧な言い方ながら否定はしなかった。

「吉次の家に狙いをつけたようだが、一体何を探しているのだろう」

矢作が首を捻ったところで、

「そういえば、お久が吉次の行李を盗まれたことを言っていたが、盗んだのは今の連中ということか」

源之助が言った。

「それに違いないな」

矢作は決めつけた。

二人は腰高障子から顔を出し、路地を見回した。

誰もいない。

「とりあえず、外に出るか」

源之助に、

「床下を探ってみないか」

矢作が提案してきた。

「やるか」

源之助も乗り気になった。

と、そこへまたしても足音が近づいて来る。

「火盗改だ」

矢作が言った。

隠れるべきかどうか迷っていたが、すぐに腰高障子が開けられた。

「うっ」

火盗改が言った。その数三人。

「おまえら、ここで何をやっておる」

中の一人が言った。

「おい、砧殿」

矢作がにょきっと顔を出した。

「な、なんだ。矢作殿ではないか」

砧は驚きの言葉を上げてから同僚に目配せをした。砧一人がお久の家に入って来た。

「何をしているのだ」

砧はいかにも不機嫌だ。

「ここに何かあるのか」

矢作は砧の質問は無視して逆に問い返した。

「そんなことより、貴殿ここで……」

「風神の喜代四郎一味が財宝でも隠しているのだろう」

ずばり矢作は斬り込んだ。

「な、何を」

砧がうろたえたのを見て、

「図星だな」

矢作はニンマリとした。

「そんなことは申しておらん」

砧は唇をわなわなと震わせた。

「手伝ってやるさ」

矢作は言うと、板敷の羽目板を剝がした。

「何をする」

「見ての通りだ。床下を探すんだよ」

矢作は砧を無視して作業を続ける。源之助も羽目板を剝がしにかかった。砧はおろおろとしていたが、

「おい」

と、同僚を呼ばわった。

「この長屋は明日取り壊される。その際、我ら火盗改にて検分を致す。今、ここでや

っても無駄だ」

「火盗改だけで、確かめようというのか。そうか、今日、賊が入らないようにここを見張りに来たということだな」

「そういうことだ」

「なら、いい」

矢作は作業の手を止める。源之助も土間に下り立った。

「その代わり、聞かせてくれ。この長屋に何があるんだ」

矢作は一歩も引かないという態度を示した。砧は黙っている。

「どうなんだ」

矢作は迫る。

「いかにも、貴殿の推量通りだ」

砧は認めた。

「ということは、吉次は風神の一味なんだな」

「そう思う」

やはり、そういうことか。

「ということは、富士屋はどうなる。富士屋の主治三郎こそが風神の喜代四郎なのではないか」

「そこまでは掴んでおらぬ」

「お惚けはよせ」

「いや、まこと、その辺りになると、我らもわからぬのだ」

「火盗改がわからぬはずはないだろう」

「それは……。まだ、はっきりとした証を得てはおらんのだ」

「わかっていることだけでかまわん。聞かせてくれ」

「町方で表沙汰にするのか。そんなことをすれば、事は大きくなる。収拾がつかなくなるぞ。火盗改と町奉行所の争いになってもいいのか」

砧は一転して攻勢に出た。矢作は一向に動じることなく、

「そんなことはせん。おれだって、町奉行所の役人だからな。そんなことをせずとも、瓦版に流すことだってできるさ。江戸中で騒ぎが起きるだろうな」

「脅しか」

砧の顔が歪んだ。

「そうさ。脅しだよ」

矢作は一向に動ずることがない。砧は矢作から視線を外し源之助を見た。源之助に

助けを求めているかのようだ。

「わたしとて、火盗改と争う気はない。大事なのは風神の一味を捕縛することだ。だが、事がはっきりしないうち、つまり、真実を見極めないうちに一方的に手を引けというのはいかにも納得できぬ」

源之助は言い放った。

「そらみろ。我らには我らの意地があるんだ」

「貴殿の場合は風神一味を捕縛するという手柄欲しさだろう」

砧は薄笑いを漏らした。

「そうだとしても、ここは引く気はないぞ。おまえら火盗改が追っていた風神一味なのだ。出し抜いてやろうとは思ったが、ここまで、追い詰めているのなら、手出しはせん。その代わりといってはなんだが、富士屋こそが風神一味なのだと聞かせてくれ」

矢作はこれが最後だぞと言わんばかりに大きな目を剝いた。砧はじりじりとしていたが、

「いかにも」

と、苦しげに答えた。

「やっぱりな」

矢作はおれの目に狂いはなかったと言いたげである。

四

「ならば聞く。どうして、すぐに捕縛せぬのだ。証がないからか」

砧はまたも躊躇《ためら》っていたがやがて自分を納得させるように小さく首を縦に二度振った。

「ある大名家、いや、喜多方藩から、申し出があった」

予想していたこととはいえ、砧の口から喜多方藩の名前が出ると嫌でも緊張感が漂った。

「喜多方藩御用方新藤総十郎殿よりお頭に申し出があった」

それによると、喜多方藩では家宝としている、黄金の大黒像が盗み出された。それは、喜多方藩の藩祖政徳《まさのり》が特別にあつらえた宝物で門外不出、絶対に盗み出されたことすらも表沙汰にはできないものだという。

「よって、捕縛する前になんとしても、その大黒像を回収せねばならない。表沙汰になる前にな。つまり、富士屋を挙げて、盗み品の中に大黒像があることがわかってはまずいのだ」

「そのこと、火盗改のお頭飯盛伯耆助さまは承知されたのか」

「新藤殿はお頭の弟だ」

「なるほどな」

矢作は皮肉な笑いを投げかけた。

「ならば、先ほどの侍たちは喜多方藩の者たちだな」

「おそらく、火盗改との間で密約が結ばれていることを知らぬ連中であろう。火盗改の方でも、喜多方藩との間にそのような密約があることを知るのはお頭の他数人だ」

「さもあろうな」

矢作は腕組みをした。

ここで源之助が、

「富士屋治三郎は自分の身に危険が迫っていることをわかっている。だから、住人を立ち退かせ、自らも店を閉じ、江戸から逃げ出す気でいるのではないか」

「いかにも」

砧は言った。

「ならば、この長屋に財宝が隠されているのなら、ここに回収にやって来ると思うが」

それがまだ姿を現さない。

「おっつけ来るのではないか」

「その時はどうするのだ」

源之助が訊くと、

「手出しはせぬつもりだ」

「逃げてもか」

「尾行する」

「果たして、そんなことで、手をすり抜けるようなことはないのかな」

「そのようなことにはならん」

砧は強気だ。

源之助はそれを受け流し、

「この長屋の住人、吉次が風神の一味であることはわかる。だが、お静はどうだったのだ。お静も殺されたではないか」

「お静は風神の一味ではあるまい」

砧は再び奥歯に物が挟まったような答えをしてしまった。

「どうして殺されたんだ」

矢作は容赦がない。

続いて、

「新藤殿の仕業ではないのか」

これには砧が言葉を詰まらせた。

「おい、ここまできたのだ。白状しろよ」

「いかにもそうだ」

砧は苦しげに言う。

「とすれば、殺しの動機は……」

矢作が迫ろうとしたのを源之助が制して、

「新藤がお久の家から行李を盗むのを見られたからか」

「いかにも」

「口封じということか」

矢作は吐き捨てた。

「それで、お静殺しの探索をしている源太郎を罠にかけたのか。あれは、新藤の仕業であろう」

源之助は声を震わせた。

「それは知らぬ」

砧の苦しげな物言いが新藤の仕業と告げているようだ。

「卑劣な野郎だ」

矢作は憤った。それから砧に向いて、

「直ちに源太郎を解き放て」

と、怒鳴りつけた。

「それは」

砧は後ずさる。

「新藤の仕業だと、事を明らかにすればいいじゃないか。それだけのことさ」

「そうはいっても……」

「まさか、新藤がお頭の弟ということで事態をもみ消そうというのか。そんなことが許されるのか。源太郎は無実どころか、新藤の罪を着せられているんだぞ」

矢作は新藤の胸倉を摑んだ。

「わかっている」

砧が苦しげに言葉を発する。

「なら、すぐに解き放て」

「解き放つには下手人を挙げねばならん。新藤殿を下手人とするのは……」

「何を躊躇っているんだ」

「事は喜多方藩をも揺るがすことだ」

砧は困ったように返す。

「だから、どうした」

矢作はそんなことは全く意に介さないが如くだ。

「お前という男は……」

砧は気圧された。

「無実の人間が罪に処せられようとしているのだぞ。そんなことが許されていいのか」

矢作はまさしく口角泡を飛ばさんばかりの勢いである。

「わかった」

砧は苦しい息の中で答える。

「ならば、すぐに解き放つのだ」

矢作は言った。

「よし、だが、今夜はここで風神一味が来ないか見張っていなければならん」

「他の者たちに任せればいいだろう。それに、ここなら、おれと蔵間殿で見張っているから安心しろ」

矢作は胸を張って見せた。

砧はしばらく考えていたが、

「よし、これから屋敷に行き、直ちに解き放つ」

「それでいい、さっさと行け」

矢作に急きたてられ砧は踵を返すとそそくさと出て行った。

「すまぬ」

源之助は頭を下げた。

「親父殿、頭を上げてくれ。礼を言われることではない」

「いや、礼を言わせてくれ」

源之助はもう一度頭を下げた。

「源太郎が解き放たれることはいいのだが、新藤の所業を放ってはおけぬ」

矢作らしい正義感を示した。

「それもそうだ」

「やるか」

矢作はにんまりとした。

「むろんのこと」

源之助とても、このまま見過ごしにするつもりはない。どんな事情があろうと、罪を償わせるのが当然である。

第六章　意地の償い

一

「さて、砧がいなくなったところで、確かめてみるか」

　矢作の誘いに、

「やるか」

　源之助も応じた。

　二人は羽目板を剝がしにかかった。一枚、一枚剝がしては土間に重ねていく。時を要することなく全て剝がし終えたところで、白々明けの空が広がった。蟬はまだ鳴いていないが小鳥の囀《さえず》りが夜明け間近であることを告げている。家の中には涼風が吹き込み、羽目板を取り除いて土が剝き出しになった様が薄らと浮かび上がった。

路地を走る複数の足音が響き渡った。路地に出ると、揃いの印半纏に身を包んだ鳶《とび》職たちが長鳶を持って走って来る。いかにも鳶職らしく威勢の良さといったらなかった。

一番後方から砧が悠然と歩いて来た。

「かかれ」

砧の命令で鳶たちが長屋の解体作業に取り掛かった。総勢二十人余り、彼らはまずお久の家がある棟割長屋から始めた。砧は源之助を見つけると近づいて来て頭を下げた。

「ご子息、解き放ちましたぞ」

「かたじけない」

源之助は礼を言ったが、

「当たり前だ」

矢作は睨み返す有様だ。

砧は踵を返そうとしたが、お久の家の中を見やり羽目板が取り外されていることに気がつくと顔をしかめた。

「手間を省いてやったんだ。少しは感謝してくれよ」

矢作らしい図々しさだ。

「これ以上の邪魔立ては無用に願いたい。これよりは我らで行い申す」

砧はきつい目をすると、源之助と矢作を追い出しにかかった。矢作は抵抗する素振りを見せたが、源之助に制せられ、いかにも不承不承といった様子でお久の家を出た。

鳶職たちが長鳶を板壁や軒下に引っかけ、「せいの！」という掛け声と共に引き倒しにかかった。棟割長屋が揺れ、路地には土煙が立ち込めた。矢作が大袈裟に咳をした。

鳶職たちは作業に集中し、眼中にはない。矢作は路地に唾を吐いた。源之助は矢作を促し、木戸の外に出て様子見をすることにした。

木戸から出たところで富士屋の番頭与三が駆けつけて来た。与三の形相は必死となっている。砧が木戸まで出て来た。

「これは、なんの騒ぎでございますか」

与三が訴えかける。

「見ての通り、長屋を解体しておるところだ」

砧は無表情である。

「勝手なことをなさっては困ります」

「これは異なことを申すものよ。主人治三郎はお上《かみ》にこの土地を献上したではないか。

火除け地として利用してくれとな。まさしく見上げた心がけであると、治三郎の評判は大いに高まったのだ。よって、長屋の解体は速やかに成すのがよかろうと思った次第である」

「ですが、取り壊しは四日後の二十日と聞いておりますが」

与三の唇がわなわなと震えた。

「予定を早めたとて悪くはあるまい。善は急げと申す。また、嵐でもきたら厄介だからな」

「ですが……」

与三は尚も抗おうとしたが、

「それともなにか、都合の悪いことでもあるのか」

砧に意地悪く切り返されるに及び与三は視線を逸らした。

「そのようなことはございません」

「ならば、かまわぬではないか」

砧は路地に振り返り鳶職たちを督励した。与三は長屋が解体される様を呆然と見ていた。源之助と矢作が与三に近づいた。与三は源之助を見ると力なくうなだれた。

「年貢の納め時だぞ」

矢作が言う。

「ですから、手前どもはこの土地をお上に献上致したのでございます」

「それはいいとして、この長屋の何処か、おそらくはお久が住まいしていた家に、財宝が隠されているのではないのか」

矢作らしい直截《ちょくせつ》な問いかけである。

「滅相《めっそう》もございません」

与三は大きくかぶりを振る。

「まことないのか」

「もちろんでございます」

「ならば、何故そのように慌ててやって来たのだ」

「ですから、約束では二十日でありましたので、話が違うと……」

与三はしどろもどろとなっている。矢作は更に問いを重ねようとしたが思い直したように鼻を鳴らした。

「まあ、いいだろう。解体作業が終われば、わかることさ。ところで、治三郎はどうしているのだ。もう、江戸を逃げ出す支度でもしているんじゃないのか」

いかにも冗談口調だが、矢作の目は笑っていない。

「そのようなことはございません」

与三は言葉こそ富士屋の潔癖を物語ってはいたが、いかにも後ろめたさが感じられる。

矢作は源之助に向き直った。

「このままここでじっとしていてもしょうがないですぞ」

「違いないな。ならば、富士屋へ行ってみるか」

「富士屋はおれに任せてくれ。親父殿は自宅に戻られた方がいい。源太郎が帰って来るのだ」

「まあ、それは後回しでいい。なんと言っても私事だ」

源之助は躊躇いを示したが、

「いいから、いいから」

矢作に押されるようにして現場を離れた。富士屋治三郎が風神の喜代四郎なのかどうかはわからない。だが、風神一味は元々、火盗改が追っていた。治三郎が風神一味としてもその身柄は火盗改が押さえることになるし、それが筋というものだ。

それよりも、新藤総十郎である。いかなる理由があろうと、御家の家宝金の大黒像がからもうと、罪もない人間を手にかけ、おまけにその罪を源太郎に着せた。このこと、断じて許すことはできない。たとえ、外様の雄藩の要職にあろうが、必ずや罪を償《つぐな》わせる。源之助の意地である。身は高々町奉行所の同心にあろうと身分に関係なく、正しきことを貫く、それが源之助の生き様だ。

そう思うと全身の血がたぎってきた。

真夏の強い日差しなど少しの苦にもならない。そう思いながら八丁堀へと向かった。

自宅の木戸に立った。

格子戸を開ける。奥からすぐに久恵が歩いて来た。その明るい表情を見れば源太郎が帰って来たことがわかる。

それでも、

「源太郎が帰ってまいりました」

という言葉を久恵の口から聞いてみると、ほっとした安堵感に包まれた。

「うむ」

わざとぶっきらぼうに返事をしてから玄関に上がり、居間へと向かった。

「父上、このたびは申し訳ございません」

源太郎は平伏した。

「詫びなら、わたしではなく、新之助や緒方殿に申せ」

さすがに強い口調では言えなかった。すっかり憔悴している息子にいくらかの励ましの言葉をかけてやりたかったが、いい文句が思い浮かばない。すると久恵が、

「矢作さまや美津殿にもですよ」

と、言い添えた。

「そうだ。今回のことで矢作はまことしっかりとおまえを助けてくれた。このこと、おろそかにはできぬぞ」

源太郎はしっかりとうなずく。

「ならば、すぐに、身支度をせよ」

源之助の言葉を受け、

「では、ただちに」

久恵は真新しい下帯を用意した。

「何はともかく、奉行所へ出仕だ」

「承知しました」

源太郎は入念に身支度を整えた。源之助は寝間に入り、着替えを行った。それを見つめる久恵の顔からは笑みがこぼれた。

「本当によろしゅうございました」

「そうだな」

「信じてはいましたが、それにしましても心配の種は尽きぬと申すものでございます」

久恵は笑顔の中に涙を光らせていた。

「無事に戻って来られたのだ。大きな騒ぎにもなっておらぬ」

「ただ、心配なことがございます」

「源太郎の生真面目さを思えば、きっと、今回のことを挽回しようと、勇み立つと思います。それはよいのですが、焦りとなってまたしても暴走をしてしまうのではないか……。母親としましては、どうにも気がかりでございます」

久恵の目は不安に凝らされた。

「その辺のことはわたしから釘を刺しておく」

「それでも……」

「まだ心配か」

「源太郎は旦那さまの血を引いておりますから、意地を張り通すところがあります」

「わたしはそんなに意地っ張りではない」

言いながらも苦笑を漏らさずにはいられなかった。

「ご自分ではおわかりにならないものです」

久恵の顔に再び笑みが戻った。それを見ていると、束の間の安らぎに浸ることができた。

二

源之助は源太郎と連れ立って組屋敷を出た。急ぎ足で北へ向かおうとしているのを、

「おい、何処へ行く」

源之助は抗議めいた口調で呼び止める。

「奉行所へ出仕するのです」

やや早口になっているのは、源太郎が歩いて行こうとしている経路がわざと矢作家を避けた道だからだ。照れからの行動であろうが、ここは美津に無事に帰ったことを知らせるべきだ。

「こっちだ」

源太郎の返事を待たずに源之助は矢作家を目指して歩き始めた。源太郎は俯き加減

について来る。半町ほど歩くと矢作家の木戸に至った。美津が庭に立ち朝顔の鉢に水をやっているところだった。木戸にやって来た源太郎と視線が交わった。

源之助はそっと、その場を離れた。

「ご無事でお帰りになったのですね」

美津の言葉は短いながらも万感の思いが込められていた。源太郎はしばらく口ごもっていたが、

「矢作殿のご尽力で解き放たれました」

「…………」

美津は口を閉ざし源太郎を見つめている。源之助は気を利かせ静かに立ち去ったが、源太郎も、

「で、では、改めて」

と、言って急ぎ足で源之助について来た。背後から、

「行ってらっしゃいませ」

美津の声が聞こえた。朝顔のような爽やかな声だった。

源太郎と共に奉行所に出仕すると同心詰所に顔を出した。真っ先に新之助が駆け込

んで来た。

「源太郎、おまえ」

新之助の声は上ずっている。その姿を目《ま》の当たりにし、源太郎もこみ上げるものがあるようだ。だが、ここは他の同心たちの手前もある。緒方の配慮で源太郎捕縛のことは公にはされていない。火盗改での吟味が終わり処罰が決定するまでは、病欠扱いにしてくれていた。このため、同僚たちの目には、病み上がりで出仕した源太郎に接する新之助の態度はあまりに大袈裟であり、奇異に映ったようだ。

緒方は訝しむ同僚たちを見てごほんと空咳を一つしてから、

「病は癒えたのはよかった。だが、無理はするな。そうだ、蔵間殿にお願いをして両御組姓名掛で病の様子などまずは聞こうか」

源之助もすかさず、

「そうですな、まあ、新之助も」

と、言葉をかけた。新之助も源太郎もうなずき合うと源之助に従って居眠り番へと向かった。源太郎は居眠り番へ行くまでのわずかの間にも奉行所内をまるで初めて訪れたようにあちらこちら見回している。僅かの間の留守とはいえ、見る物全てが新鮮なようだ。居眠り番に入り、四人は畳敷きで車座になった。

まずは、

「このたびはまことに申し訳ございませんでした」

源太郎が両手をついた。緒方と新之助は黙ってそれを見ている。

「濡れ衣であったとはいえ、火盗改の手を煩わせ、奉行所にも迷惑をかけたのは紛れもない事実だ。そのこと、深く胸に刻まねばならんぞ」

源之助が静かに言葉をかけると源太郎の背中が震えた。

新之助が、

「まあ、無事で何よりだった」

と、軽い調子で言った。が、源太郎はがばっと顔を上げ、

「いえ、わたしは、牧村さんや京次を無視し、自分の手柄にはやってしまいました。そのこと、まさしく、同心にあるまじき所業であったと深く悔いております」

源太郎の目には涙が滲んだ。

「いかにも、その通りである」

語調鋭く言い放ったのは緒方である。温厚な緒方の言葉だけにその重みはずしりと源太郎の胸にも届いたのだろう。源太郎は再び深く頭を垂れた。

「いかなる処罰も受けます」

「そのことは、後日伝える」

緒方は言うと、源之助に向いた。

「今回、源太郎が探索を行った夜鷹お静殺しについてでございますが、思いもかけない真相に至りました」

源之助はそう言い、緒方に向き直った。源太郎の顔に緊張が走る。

「そもそも今回の一件は、火盗改が追っている風神の喜代四郎一味と深く関係しております」

と、矢作と共に探り当てた真相を語った。

「では、お静を殺したのは喜多方藩御用方の新藤総十郎なる男なのですか」

源太郎は驚愕の表情を浮かべた。

「まこと驚き入りました」

新之助は言葉を詰まらせた。緒方も思いもかけない展開をすぐには受け入れられないのか、定まらない視線で話を整理しようとしている。

「新藤め、わたしに濡れ衣を」

源太郎は悔しげに言葉を震わせた。

「だが、証がない」

源之助は興奮気味の源太郎を落ち着かせようとした。

「だからといって……」

源太郎は気が収まらないようだったが、新之助から落ち着けと諫められた。源之助が、

「今、火盗改が富士店を解体し、財宝の所在を確かめておるところ」

「富士屋の方はいかに」

新之助が問い返した。

「矢作が見張っているし、火盗改とて目を離してはいないだろう」

「矢作が富士屋を……」

新之助は両眼を大きく見開き、矢作への対抗心を剝き出しにしたものの、源太郎の濡れ衣を晴らしたのは紛れもなく矢作であることを思ったのか、矢作への不満を口に出すことはなかった。

「今回、火盗改に任せるか」

源之助は言った。

「それが順当なところでしょうが」

緒方は考えあぐねている。ここで新之助が、

「しかし、火盗改は風神一味を摘発はしても、お静殺しや吉次、お梅、それに南町の若杉さん殺しは闇に葬ることになります」

いかにも悔しげである。

「そうですよ、断じて引けません」

源太郎も思わず身を乗り出した。

「それはのう」

緒方とて受け入れがたいようである。当然ながら、

「いかにも到底承諾できるものではない」

源之助は言った。

「ならば、我ら」

新之助が勇んだところで、

「いや、表立ってはな」

緒方は慎重な姿勢を示した。

「ならばいかがするのですか」

新之助が抗議の姿勢を取った。

緒方が思い悩んだところで、

「拙者がやる」

源之助は厳然と宣言した。

「蔵間殿」

緒方は複雑に顔を歪ませた。

「元々、これはわたしが首を突っ込んだ一件に端《たん》を発します。自分で蒔《ま》いた種は自分で刈り取らねばならぬ」

源之助は断固とした決意を示した。

「いや、蔵間殿だけに責任を負わせることはできぬ」

「わたしがやります」

源之助に引く気はない。

「しかし、それでは……」

緒方は遠慮がちながら躊躇いを示した。

「問題なのは、いや、難しいのは新藤を追い詰めた時です。その時、奉行所としてどう対処するのか、それが問題です。相手は外様の雄藩。それに、新藤総十郎の兄に当たる火盗改のお頭《かしら》飯盛伯耆助さまが相手となります」

「いかにも。その時はわたしとても一歩も引く気はござらん」

緒方も吹っ切れたようだ。

横で新之助と源太郎も強い決意を示すかのように表情を引き締めていた。

「今回のこと、まさしく捨て置くことできませぬ」

源之助は改めて緒方に向いた。

「むろんのこと」

緒方が受けると新之助が口を挟んだ。

「矢作も黙ってはいないでしょうな」

「どうした。矢作のことがそんなに気になるのか」

源之助はおかしそうに笑った。

「それはそうです」

新之助はむきになっている。

「やり方は強引で人当たりも柔らかではないが、悪い男ではない。敵愾心《てきがいしん》を持つのは勘弁してやれ」

「敵愾心などは抱いておりません。競争心です。負けたくはないのです」

「まあ、ともかく、不退転の決意で事に当たる」

「よろしくお願い致します」

緒方が言うと新之助も源太郎も殊勝に頭を下げた。

三

三人がいなくなったところで、入れ替わるようにやって来たのはお久である。

「おお、よく来たな」

源之助は笑顔で迎えた。

「お邪魔じゃないでしょうか」

お久は相変わらず遠慮がちである。それでも、源之助に手招きをされて腰を屈めながら入って来た。

「元気そうだな。富士店を引越して何処に住まいしておる」

「同じ米沢町三丁目なんです。富士店の北へ一町ほど行った長屋です。富士屋のご主人に引っ越しの費用と寸志を頂きましたので、大変に助かりました」

「よかったな。わざわざ、挨拶に来てくれたのか」

「まこと、お世話になりました」

「いや、世話をしたことにはなっていない。吉次の死もお静の死も釈然としないままだからな」

「ですが、吉次さんが盗人などではないとわかってそれだけでわたしは十分でございます」

お久は腹をさすった。身籠った子供に語りかけているようだ。

「ところで、富士店、もう取り壊しておるな」

「そのようです。住んでそんなに時は経っておりませんので、それほどの愛着がないと思っていたのですが、いざ、取り壊されると耳にしますと、なんだか寂しいものでございます」

「長屋のみなはもう落ち着いたのか」

「みなさん、それぞれに住まいを探したようなのですが、あまり、付き合いがございませんでしたので、何処に住むようになったのかは、確かめておりません」

「そうか……。大家の慎太もか」

「慎太さんは、富士屋さんに再び奉公なさるようです」

「ところで、おまえの住まいに吉次は特別に何かを隠したようなことはないか」

お久の顔が曇った。再び、不安を募らせたようである。

「いや、大したことではないのだがな」

「そうですか、でも、それは見当がつきません」

お久は首を捻った。

「いや、妙なことを聞いてすまなかった」

「あの、まこと、吉次さんのこと信用していいのでしょうか」

「ああ、信用せよ」

源之助は胸を張って見せた。お久は安心したように微笑んだがじきに、

「そういえば、一つ、変だなと思ったことがございます」

源之助は黙って話の続きを促す。

「あの長屋、喜多方藩の町宿《まちしゅく》だったのです」

「なんだと」

源之助は思わず驚きの声を上げた。町宿とは、大名藩邸において江戸勤番の侍が藩邸内に住むことができない者たちのために藩が町人から家を借り上げて住まわせることを言う。

「しかし、あの長屋、喜多方藩の侍どころか、侍など全く住んでおらなかったではないか」

お久もきょとんとしている。

「そうなんです。ですから、わたしも不思議に思っていたんです。どうしたのかなって」

「慎太は何か言っていなかったのか」

「知らない、また貸しでもしているのじゃないかと」

慎太が知らないはずがない。きっと、何かを隠しているのだ。喜多方藩と富士屋は繋がっているのだろうか。それとも、これも偶然だというのか。

「喜多方藩の侍が来たことはないのか」

「さあ」

お久は記憶の糸を手繰り寄せるように視線を這わせた。

「あの、それが、何か大きなことなのでしょうか」

「いや、よくよいことを知らせてくれた」

「わたし、余計なことを申したのではないでしょうか」

「そんなことはない。それよりは、丈夫な子を産むことだけを考えよ」

源之助は心の底からそう言った。

「ありがとうございます」

お久は何度も頭を下げた。夏の日の暑さを一時忘れることができた。

胸に闘志が入道雲のように湧き上がった。

「さて」

昼になり、源之助は富士屋へとやって来た。店の前に矢作が仁王立ちしている。それがいかにも矢作らしかった。

「やってるな」

源之助は面白そうに声をかける。

「親父殿、この暑いのに疲れを知らんとは大したものだ」

「年寄り扱いはするな。源太郎が感謝しておった。今朝、奉行所へ出かける途中、美津殿への挨拶をすませた。美津殿、実に立派だな」

「要するにお転婆《てんば》なのだ」

矢作はひとしきり笑ってから、

「今のところ、動きはない。普段通りといった様子だ」

と、富士屋に視線を投げた。

「それが、面白いことがわかった」

源之助はお久から聞いた富士店が喜多方藩の町宿であったことを話した。

「なるほど、それは面白いな」

矢作の真っ黒な顔に真っ白な歯が剥き出しになった。

「富士屋治三郎が風神の喜代四郎として、風神一味と喜多方藩は関わっているということか」

「親父殿はそう思うか」

「単純に考えればそういうことになるが、決め手に欠けることに変わりはない」

「それなら、明らかにしようじゃないか」

「よし」

源之助も応じる。

二人は揃って暖簾を潜った。帳場机には治三郎の姿も与三もいない。小僧に治三郎への面会を求めた。ひょっとして何処かへ姿をくらましたのかと危惧したがあっさりと治三郎がやって来た。治三郎は変わりのない飄々とした物腰で二人を客間へと案内した。

二人の前にすうっと座った治三郎は、

「もう御取り壊しをなさるとじゃ火盗改さまも気が早いですな」

と、苦笑を漏らした。

「まあ、善は急げだ」

矢作が言う。それから源之助が、

「それで、つかぬことを聞くが、あの長屋、喜多方藩の町宿に提供しておったそうではないか」

「いけませんか」

治三郎は言った。そのけろっとした表情には悪びれた様子は微塵《みじん》もない。

「いかぬとかという問題ではない。おかしいと思ったのだ。町宿にしていながら喜多方藩の藩士が一人もおらん。一体、これはどういうことなのだ」

源之助は畳み込む。

「さて、そんなこと、わたしに聞かれましても」

治三郎は含み笑いを漏らした。

「おい、惚ける気か」

矢作が凄んだが、

「そんな、お怒りにならないでください。手前どもはあくまで喜多方さまにお貸ししたのですから、それを喜多方さまの方のご都合でまた貸しされたのです。いわば、利ザヤを稼ごうと思ったのでしょうが、手前と致しましては、店子《たなこ》が埋まればそれでいいのですから」

「しかし、黙ってそれを見過したのか」

源之助である。

「気がついた時には、喜多方藩のお方は独りもおられなくなったのです」

治三郎が言うには初めのうちは、長屋の半分ほどに喜多方藩の藩士が住んでいたという。それが、半年ほどしてから、一人抜け、二人抜け、一年も経つと一人もいなくなったということだ。

「ですから、手前どもをお責めになられても」

治三郎は途方に暮れたとでもいうように首をすくめてしまった。源之助は矢作と顔を見合わせた。

「あの、何か罪に問われるのでしょうか」

治三郎は上目使いになった。

「いや、そういうわけじゃないが」

矢作も返答に困っている。

「ならば、よろしいのではございませんか」

「それはそうだが」

治三郎のじわじわとした反撃に矢作は分《ぶ》が悪そうだ。

「いかがでございましょう、蔵間さま」

治三郎は源之助に矛先を向けてきた。

「本当におまえが承知していなかったのかどうかはともかく、現実に喜多方藩の町宿の体《てい》を成していないことを承知の上放置していたとあれば、はいそうですかとはまいらぬな。そこには、何らかの取引があったと思って当然ではないか」

「取引でございますか」

治三郎はぐっと言葉を詰まらせた。

「そう、取引だ」

源之助は繰り返す。矢作も俄然勢いを盛り返した。

四

「ここは腹を割って欲しい。喜多方藩御用方新藤総十郎殿との関係を聞かせてくれ」

源之助が問いかけると矢作も厳しい表情を浮かべた。治三郎は表情を消している。この顔からはなんとも真偽を見定めることはできない。

「どうなんだ」

矢作が痺れを切らした。

すると、治三郎はそれをいなすように薄く笑うと、

「それは存じております。あの長屋を喜多方藩が町宿になさる際、新藤さまが交渉に当たられたのですから」

さらりと言ってのけた。

「喜多方藩と思われる侍たちが、富士店が取り壊される際、ひそかに長屋に立ち入って長屋、なかんずくお久の家から何かを探していた。喜多方藩が富士店に隠すような物、心当たりがないか」

「それは驚きでございます」

治三郎はわずかに両目をしばたたいた。いかにも心当たりがないと言いたげだ。矢作が身を乗り出そうとした時、

「いい加減にしてくださいませんか」

初めて見る治三郎の怒りの表情だ。それは爆発というような大袈裟なものではないが、静かな怒りを含んだ底の深いものだった。

それに対して強張った表情を取った矢作を源之助は宥める。すると治三郎は源之助

と矢作の顔を交互に見てから、

「先般以来、手前どものことを盗人呼ばわりをなさり、一体、どういうことでございますか。手前は行商から始め、この店を築き上げたのです。まっとうな商人でございます」

治三郎は表情を緩めた。

矢作を横を向いている。

「邪魔したな」

源之助は腰を上げた。

店を出たところで、

「あの貉《むじな》野郎」

矢作は悔しさに顔を歪めた。

「まあ、落ち着け」

源之助が宥めようが怒りは静まりそうもない。

「これが、落ち着いてなどいられようか」

矢作はそう言ったものの、言葉とは裏腹にそれほど怒っているようには見えない。

実際、これくらいのことでひるむような男ではないだろう。

「親父殿、どう思う」

「まずは、これまでのことを整理するか」

「そうだな、腹も減った」

矢作は言うと目についた蕎麦屋を指差した。源之助とて異存はない。


二人は蕎麦屋に入った。

矢作は旺盛な食欲を見せた。盛り蕎麦を五枚平らげ、まだ足りなさそうである。源之助も歳だと侮られたくはない一心で、勢いよく蕎麦を手繰ったが、若い矢作には抗すべくもなく、三枚が精一杯だった。

「これまでのことだ」

源之助は仕切り直すように前置きをした。

源之助がこの一件と関わったのは杵屋の跡取り息子善太郎が持ち込んだお久に関するものだった。お久の亭主、吉次は富士屋に出入りする行商人で、夫婦になって二年、そのほとんどを奥州道中や日光道中の行商に出向いており、お久と暮らす日はほとんどなかった。その吉次は嵐がくるというのに湯屋に出かけ、大川に転落して溺死した。

「まずは、吉次の一件だ。これは単純に溺れ死んだのか何者かに突き落とされたのか、という謎。これが最初だ」

源之助は念押しをする。矢作も軽くうなずいた。

「次にお静の死、これは首を絞められていた。従って何者かに殺されたことになる。吉次とは同じ富士店に住む女、偶然なのか繋がりがあるのか。吉次が殺されたとしたら、二人を殺した下手人は同じか、ということだな」

「いかにも」

矢作も異存なしというように深くうなずく。

「続いて」

と、ここまで源之助が言った時、

「若杉さんだ」

矢作が後を引き受けた。

「若杉さんは吉次の死に疑問を抱いた。疑問すなわち、殺されたと睨んだということだ。そして、秘かに吉次殺しを探索するうちに富士屋に行き当たった。時、あたかも、火盗改が奥州道中で盗みを繰り返す風神の喜代四郎一味探索の躍起になっていた。若杉さんは富士屋の行商先が奥州道中に集中していること、特に吉次を詳細に調べ上げていた。このことから、富士屋治三郎こそが風神の喜代四郎と目星をつけていた」

「いかにも。吉次の行李が盗まれた。それも吉次が風神一味であったことを物語っている。そして、お静は盗みの現場を目撃したがために口封じに殺されたとも思える」

「そして、夜鷹のお梅だな」

矢作は視線を凝らした。

「お静殺しを追っていた源太郎に夜鷹のお梅が声をかけてきた。源太郎はお梅に呼び出される形で待ち合わせ場所の逢引稲荷に向かった。そこで、お梅殺しの濡れ衣を着せられた。喜多方藩御用方の新藤総十郎によってだ」

矢作がうなずくのを確かめてから源之助は続ける。

「ここから新藤と喜多方藩が大きく関わってくる。新藤は喜多方藩の秘宝、金の大黒像が盗み出され、それを盗んだのは風神一味だとして、その奪還を狙っている。そして、秘宝が風神一味に盗まれたことを表沙汰にしないため、火盗改のお頭を務める兄に頼み、事を荒立てないようにしている」

源之助が言った。

「ここでわからないのは、新藤が富士店を町宿にしたということだ」

「そうだ。そして、その後、喜多方藩の藩士は富士店から消えていった」

源之助が言う。

「さっぱりわからん。新藤は富士屋治三郎を風神の喜代四郎と思っているのなら、何故、町宿なんかにしたのか。そして、取り壊しの前を狙って富士店の床下を探ろうとしたのか」

矢作も言う。

「そして、そもそも富士屋治三郎は風神の喜代四郎なのか」

源之助が付け加えた。

「なにやら、わけのわからぬことが多い一件だな」

矢作の当惑顔である。

「ともかく、一歩一歩探らねば。それに、新藤に罪を償わせねばならん」

「そうさ。若杉さんが浮かばれん」

矢作は激して腹が減ったのか盛り蕎麦をもう二枚追加した。

それを見て源之助はさすがにげんなりとなった。

第七章　風変りな大殿

一

二人は富士店へと戻った。解体は続いていたが、砧が狙いをつけているであろうお久の家は既に解体を終えていた。作業現場を監督する砧に矢作が遠慮会釈《えしやく》なく声をかける。砧は矢作を見ると顔をしかめた。

「そう、嫌な顔をするな」

「しつこいな。これは、火盗改の役目なのだ。何度言ったらわかる。どうのこうのと口を挟むな」

「口を挟む気はない。だから、少しだけ話を聞かせてくれてもいいだろう。お久の家からは何か見つかったのか」

矢作は半ば脅すようにして迫った。

「何も出ぬ」

砧が苦しげに答えると矢作は、

「本当だろうな」

と、伸《の》し掛かるようにして言葉を重ねる。

「嘘だと思うのなら自分の目で見て確かめてみろ」

砧はうんざりとした様子である。矢作は解体作業中の鳶職をつかまえ、お久の家から何か出てこなかったか問い質したが、鳶職は不思議そうな顔で首を横に振るばかりだった。それを見ていた砧が、

「わかったか」

と、声をかけてきた。

「そのようだが、おまえも当てが外れたのじゃないか。この長屋を掘れば、何か出てくると踏んでいたのだろう。出てこないとなったら火盗改としても面目丸つぶれではないか」

「言いにくいことを平気で言うな。いかにもおまえらしい」

砧は苦笑を浮かべた。

「どうするのだ。このままでは富士屋治三郎は逃げおおせてしまうぞ」

「うるさい」

痛い所をつかれたのだろう。砧は顔を歪める。

「怒ったって駄目さ」

矢作は軽々と言う。砧はむくれて矢作から離れた。それを矢作がしつこく追いかける。

「喜多方藩の新藤総十郎のこと、このままではおかんぞ」

砧は視線を彷徨わせた。

「おい、それは話が違うじゃないか」

「何が話が違うだ」

「新藤殿の罪を問わないかわりに源太郎……。源太郎殿を解き放ったのだ」

砧は救いを求めるように源之助を見てきた。

「源太郎は濡れ衣を着せられたのだ。解き放たれて当たり前。それよりも、人を手にかけていながら罪に問わない方がおかしい」

源之助は平然と返した。

「ほう、そうくるか」

砧の目が尖った。それから、

「ならば、新藤殿の罪、どうやって立証するのだ」

「おまえが証人に立てばいい」

矢作は事もなげに言う。

「ふん」

砧は一笑に付した。

「笑うな！」

源之助が怒鳴りつけた。これには砧も目を白黒させた。

「証言するんだよ」

矢作は砧の胸倉を摑んだ。砧は目を白黒させながら、

「おまえ、自分のやっていることわかっているのか」

矢作は源之助に肩を叩かれ、砧を何度か揺さぶってから手を離した。

「ともかくだ。証言するもなにも、このおれが何を立証できるというのだ。新藤殿が風神一味から盗まれた喜多方藩の秘宝を探していることを知っているとはいえ、それが夜鷹殺しとどう繋がる」

砧の言い分はもっともである。

「ちっ」

矢作とても悔しげに口ごもるしかない。が、無理に口を開き、

「とにかく、このままではおかぬ」

最早負け犬の遠吠えのような気がしてならない。

「蔵間殿、蔵間殿ならばおわかりでしょう。推量に推量をいくら重ねたところで罪に問えるものではないと」

「むろん、承知している」

源之助は苦渋ながらそう答えた。

「ならば、早々に退散せよ」

「おのれ」

矢作は拳を握りしめた。

源之助は矢作の肩に手をかけた。それからぽんぽんと二度、三度軽く叩く。

「覚えていろ」

矢作は捨て台詞を吐くと踵を返した。

「うせろ」

砧は勝ち誇ったようににんまりとした。砧から遠ざかったところで矢作が言った。

「こうなったら、当たって砕けろ、だ」

「どうする気だ」

「知れたことさ。これから喜多方藩邸に乗り込んで新藤の奴を締め上げてやる」

矢作は息巻いた。この男なら本気でやるだろう。たちまちにして危うさが募る。

「まだ、外堀も埋めていないのだぞ。新藤本人を攻め立てることなどできるものか」

「なんの、一気に本丸に攻め込んでみせるさ。親父殿が行ったという道場に行こう」

「やめておけ」

「やめんぞ」

矢作を止めることはできないようだ。仕方ない。

「よし、行くぞ」

「そうこなくてはな」

矢作は大手を振って往来を両国橋に向かって歩き始めた。源之助も足速に歩き、矢作と並んだ。

両国橋を渡り、両国東広小路にある大町道場にやって来た。まさに日盛り、昼八つ（午後二時）を回ったところだ。

が、あいにくと新藤は稽古に来ていない。勢い込んでいただけに拍子抜けした矢作だったが、

「藩邸に行けばいいさ」

たちどころに立ち直る。

「いや、その前にむっつり爺いだ」

「夜鷹の言っていた物乞いだな」

矢作も思い直してくれたようだ。

「そいつを探すさ」

「しかしなあ……」

矢作らしくない、はっきりとしない態度だ。

「どうした」

「いや、だから、申さなかったんだが、そのむっつり爺いを見つけ出したところで、それが新藤の罪を立証するのに役立つかというとな、どうにも自信がない」

矢作の言いたいことはわかる。物乞いの証言にどれくらいの信用が置かれるのかというと、実際のところはなはだ心もとない。

「おまえの言いたいことはわかるが、それでも、やらねばならん」

「それならいっそのこと夜鷹に証言させたらどうだ」

「お兼たちにか」

矢作は深く頷く。

「夜鷹たち、新藤の仕業と見たわけではあるまい」

「それはそうだが、やりようだぞ」

矢作はにんまりとした。

「思わせぶりだな」

「まあ、任せてくれ」

「おまえ、何か企んでいるな」

「悪いか」

否定しないところが矢作である。

「なに、親父殿はご足労くださることはない。おれに任せておけ」

矢作はぽんと胸を叩いた。矢作の強引さを知っているだけに放ってはおけない。

「わたしもまいろう」

「企み事は密にやるものだ。八丁堀同心二人が押しかけて行ったら夜鷹たちはびっくりしてとても協力はしてくれない」

「慎重にやれば問題ない」

「いや、さにあらずだ。親父殿のそのいかつい顔では夜鷹は猶更《なおさら》恐れるだけだぞ」

「人のことが言えるか」

源之助が返すと矢作は声を放って笑った。

「冗談はさておき、まあ、任せてくれ。そうだな、いつか飲んだ縄暖簾で落ち合おう」

矢作は言うとすたすたと歩きだした。

「さて」

源之助はこれからどうするかと思案をしたが、結局自分はむっつり爺いを探すことにした。ぎらぎらと強い日差しに逆らうように速足で歩きだした。

二

逢引稲荷を中心に米沢町一帯を半時ほど歩き回ったが、手がかりらしいものは摑めない。昼八つから七つという最も暑い最中に駆けずり回ったとあってさすがに疲れた。

すると前方から、

「蔵間さま」

と、明るい声が聞こえた。

善太郎である。

善太郎は相変わらず風呂敷包みを背負って商いの途中のようだ。

「茶でも飲むか」

善太郎は一休みする必要がないようだったが、源之助の疲労ぶりを見て近くの茶店に入って行った。

「相変わらず、汗にまみれて働いておるな」

「蔵間さまもお元気そうで何よりです」

善太郎は冷たい麦湯を頼んだ。

「どうだ、成果が挙がっているか」

「お蔭さまで何軒かのお得意さまを獲得しました」

「そうか、こっちはなあ」

源之助は成果の上がらない己《おの》が探索をつい嘆いてしまった。

「蔵間さまらしくございませんよ」

「そう言うな。わたしだって愚痴りたくなることもあるさ」

源之助は冷たい麦湯をぐいっと飲み干した。生き返った気分になった。善太郎も美味そうに飲み、

「そういえば、いつか話したお得意さま、直参旗本柳原さまの御屋敷に出入りがかなったのですが、肝心の大殿さまが病に臥せられまして」

「どうした」

さすがに気にかかる。何せ、竹の市捕縛では世話になったのだ。

「やたらと世間話が好きで、富士の湯で会ったんだがな。その時は大層お元気そうだったが……。病とはな。この陽気だ。体調を崩されても不思議はない」

「このところは、御屋敷の外にお出かけになることもなく、ずっと屋敷に引きこもってしまわれて、早くお元気にならないかと」

善太郎はこれから鰻の蒲焼を買って届けるつもりだという。

「おまえ、まこと、商売熱心だな」

「これは商売抜きですよ」

善太郎はいかにも心外といった様子である。

「そうか、悪かったな」

どうも調子が狂ってしまう。

「大殿さまの御屋敷はどちらだった」

「そこの右を曲がったところのどん突きですよ」

「すると逢引稲荷の裏手か」

「そうです、そうです」

善太郎は二度、三度と首を縦に振った。

これはひょっとして。

胸がときめいたがすぐに否定した。そんなはずはない。

「どうしました」

善太郎がいぶかしむ。

「いや、なんでもない」

「水臭いですよ。何かお考えが浮かんだんじゃありませんか」

さすがに善太郎は商人だ。いや、商人としての嗅覚を鋭く発達させているといえる。

「突飛《とっぴ》なことなんだ」

「お話しくださいませんか」

「おまえ、笑うなよ」

と、釘を刺した。善太郎は真摯な目で源之助の言葉を待ち受ける。

「柳原の大殿さま、以前は棒手振りの真似事をやったりしたと言ったな」

「そうなんですよ。それで、大奥さまや殿さまにえらくとっちめられたということでしてね、まったく、おかしなお方で」

善太郎は思い出し笑いをした。

「それなら、どうであろう。その大殿さま、物乞いに扮することはないか」

「物乞いですか……」

善太郎は首を傾げたものの、大いに在り得ると答えた。

「そうか、在り得るか」

満足げに源之助はうなずく。

「善太郎、柳原さまの御屋敷に案内してくれ」

源之助の身体から疲れが吹っ飛んでいた。


二人は大殿さまこと、柳原主水丞の屋敷へとやって来た。直参旗本千石とあって長屋門を構えた立派な屋敷である。敷地は千坪ほどはあろうか。築地塀《ついじべい》に囲まれた屋敷は威厳があり、かつては幕府の要職を務めていたという経歴を如実に物語っていた。

「なかなかの御屋敷だな」

見れば見るほど、この屋敷の御隠居さまとみすぼらしい物乞いとが結びつかない。

だが、柳原がその落差を楽しみたいのではないかという気にもなった。

善太郎と共に裏門に回る。

「失礼します」

善太郎は屋敷の者たちとは顔なじみになっているとみえ、裏口からすんなりと屋敷内に入ることができた。源之助も続く。

「いつもお世話になってます」

善太郎は女中の一人に飴玉を渡す。

「いつもすまないね」

女中は満面の笑みだ。

「大殿さま、お元気になられましたかね」

善太郎は満面の笑みを送る。すると、女中は顔を曇らせた。その微妙な表情の変化を善太郎は捉《とら》えて、

「どうしたんだい。お悪いのかい」

「そうじゃないんですよ」

女中は曖昧に取り繕うと、答え辛そうにしている。すると奥から用事を言いつける

声がかかり、これ幸いとその場を立ち去ってしまった。

と、そこへ、

「おお」

と、声をかけてきたのはまぎれもなく大殿さまこと柳原主水丞である。浴衣に身を包んだいかにも気楽な格好だ。

「これは、大殿さま」

善太郎が腰を折る。源之助も丁寧にお辞儀をした。

「そんな堅苦しい挨拶はやめてくれ」

と、台所へと二人を導いた。台所の板敷にどっかと腰を据え、おまえたちも遠慮するなと半ば強引に座らせた。

「このところ、奥や倅が口うるさくてな。表へ出してくれん。周囲にはわしが病に臥せっておるなどと言いおって、女中や下男どもにまで、わしが勝手に出歩かぬよう見張らせておる」

女中が顔を曇らせた理由がわかった。柳原は屋敷から出ることができず、世情収集に飢えているようだった。

「瓜があるのでな」

と、女中たちに瓜を持って来させた。善太郎は、

「こちら、以前にお話ししたと思いますが、北町奉行所の蔵間源之助さまです。わたしが非行に走っておったのを助けてくださった恩人でございます」

柳原の目は源之助が八丁堀同心と聞いて輝きを放った。

「ああ、そういえば、湯屋で」

柳原は満面に笑みを広げた。

「富士の湯でございました。あの時は大殿さまのお蔭で罪人を捕縛でき、まことに感謝申し上げます」

源之助は丁寧に頭を下げた。

「そうじゃった、そうじゃった」

柳原は無邪気にはしゃぎ、

「そうじゃ。町方で面白い事件があるだろう」

と、身を乗り出した。

「そうですな」

源之助はここで言葉を止める。柳原は堪らずといった様子で源之助の言葉を待つ。

「この近くの逢引稲荷で起きた夜鷹殺しですな」

源之助は言った。

柳原の顔から笑みが消えた。

「夜鷹殺しを目撃していた物乞いがおったはずなんですが、それが忽然《こつぜん》と消え失せ、ようとして行方が知れません。実に奇怪なことに、我ら町方は逢引稲荷の周辺を虱《しらみ》潰《つぶ》しに探したのです。物乞いというのは妙なもので、縄張りと申しましょうか、大体において出没する区域が決まっておるものです」

「ほう、そういうものか」

柳原の顔つきは引き攣《つ》っていた。源之助は構わず続ける。

「その物乞い、夜鷹の間ではむっつり爺いと呼ばれておりまして、時に夜鷹どもに銭を恵んでおったという変わり者です」

するとここで善太郎がくすりと笑い、

「むっつり爺いとは面白いですね」

「一言もしゃべらず、黙って物乞いをやっているとか」

源之助もにこやかに応じる。それから改めて柳原に向く。

「むっつり爺い、時折、夜鷹に銭をやっていたというのがなんとも奇妙でございます」

「いかにも、それはおかしいのう」

柳原の声音には感情が籠っていない。

「恵んでいただくのが生業《なりわい》の物乞いが逆に恵んでいるというのは確かに妙ですね」

善太郎はおかしそうに笑った。

「そうであろう。いかにも妙な物乞いだ。大殿さま、これ、どう思われますか」

源之助は顔では笑っていたが、目つきは真剣だ。

「確かに妙だな。世情に疎《うと》いわしにはとんと考えは及ばぬ。それこそ、町方に通じたそなたならば、その絵解きができるのではないか」

柳原は源之助に視線を預けた。

「愚考致しますに、その物乞い、本当の物乞いではない。物乞いに身をやつして楽しんでいる、というのはどうでございましょう」

柳原はしばらく黙っていたが、

「観念した。町方の同心の目は欺《あざむ》けぬのう」

と、呟くと自分がその物乞いであることを明かした。

「では、大殿さま、夜鷹のお静が殺された現場、見ておられましたか」

「まあ」

柳原は小さく首を縦に振る。

「ご覧になったのですな」

源之助は語調を強めた。

「見た」

柳原は言った。

「ならば、誰が斬ったかもおわかりですね」

「侍だ。あの辺りを夜回りしておる者、喜多方藩の者だ」

「そいつは」

善太郎は口をわなわなと震わせた。

三

「そのこと、しかるべき場で証言してくださるわけにはいきませぬか」

源之助は静かに願い出た。

「それはできん」

柳原は首を横に振った。

「どうしてですか」

厳しい視線を向ける。

「考えてもみよ、直参旗本千石の隠居が物乞いの真似をしていたなど……。それが表沙汰になってみよ。息子の出世に障《さわ》りがある」

息子清太郎《せいたろう》は目付に昇進したばかりだという。

「柳原家の体面ですか。それは確かにそうでしょう。ですが、それは御自分の趣味趣向でなさったことではございませんか」

高ぶる気持ちを宥めながら言う。

「いかにもそうだが……」

柳原は苦しげに視線を逸らす。

「人が殺されたのです。そのことを思ってください。夜鷹だから、殺されようが知らないとおっしゃるのですか」

「いや、そういうわけでは……」

「実際、大殿さまは夜鷹どもに銭を恵んでやり、交わっておられたではございませんか。その内の一人、お梅が無残にも斬られたのですぞ。虫けらのように殺されたのです。それを見て見ぬふりをなさるのですか」

源之助は詰め寄った。

柳原は悩ましげに眉根を寄せた。

「お梅殺しの罪を着せられ、わたしの倅は火盗改に捕縛されました」

これには善太郎が驚きの顔をした。

「なんと」

柳原は絶句した。

「幸い、濡れ衣は晴れ解き放たれましたが」

源之助が言い添える。

しかし善太郎が、

「蔵間さまのご子息は、この秋には祝言を控えておいでなのですよ。今は見習いとして懸命に御用にお勤めです。それが、こんなとんでもない濡れ衣を着せられたとあっては、今後の御用にも差し障りがあるのではございませんか。いくら、火盗改さまから解き放たれたとはいえ、下手人が挙がらない限りはすっきりとはしません。大殿さまがご子息さまの身をご案じになるのはわかりますが、蔵間さまだって大事なご子息をそんな目に遭わされているのです。こんな理不尽なことがありますか」

善太郎はつっかえつっかえではあるが、切々《せつせつ》と訴えかけた。源之助は黙って柳原を見る。柳原は苦渋の表情を浮かべた。

「大殿さま」

善太郎は身を乗り出す。

「わかった、もう、申すな」

柳原は呟くように言った。

「証言してくださるのですか」

善太郎が勢い込んだ。

「やってみようではないか」

柳原は今度は明瞭に答えた。

「ありがとうございます」

源之助は両手をついた。善太郎も慌てて平伏する。

「だがな、わしが証言するだけで、一件落着といくかのう」

柳原は首を捻る。

「何をお考えですか」

源之助も訝しんだ。

「何せ夜であったのでな、はっきりと下手人の顔を見たわけではない。ただ、侍がお梅を斬るのを見ただけだ」

「それだけで、十分なんじゃございませんか、ねえ、蔵間さま」

善太郎が言う。

源之助が返事をする前に、

「いや、それでは弱いであろう」

柳原はどこかうれしそうだ。何か楽しみを見つけたらしい。

「じゃあどうするんですよ」

善太郎が聞く。

「ああいう手合いはな、人斬りを繰り返すのじゃ。一人斬れば二人斬りたくなるもの。そこでじゃ、わしが囮《おとり》になるというわけだ」

柳原は物騒なことをけろっと言う。

「いくらなんでも危な過ぎますぞ」

源之助はさすがに受け入れるわけにはいかない。

「いや、危ないことはない。ちゃんと、蔵間、おまえが守ってくれればいいのだ。物乞いのむっつり爺いがお梅殺しの下手人を知っている、そんな噂を流せ。さすれば、喜多方藩の者は動くこと間違いなしじゃ」

確かに新藤ならば動くだろう。口を塞ぐことを繰り返してきた男だ。きっと、動きだすに違いない。それにしても、いかにも大胆な申し出である。柳原主水丞という男、よほど変わっている。楽しいことに飢えているようだが、果たして囮となることが楽しいことなのか。楽しみだけでできるものではない。

柳原なりに殺されたお梅への憐憫と殺した者への憎しみを抱いているのではないか。風変りな大殿さまではあるが、根は好人物なのかもしれない。

「よし、なんだか胸が高ぶってきたな」

柳原は子供のようにはしゃいでいた。それを源之助は複雑な思いで見ていた。

「ならば、いつやる。今晩にでもやるか」

一旦心を決めると柳原の心はもうそっちへと向かっている。まったく、困った大殿さまであると同時に子供がそのまま大きくなったようである。微笑ましくもあるが、やろうとしていることははなはだ危険な仕事である。決して目を離すわけにはいかない。

「善は急げじゃ。今晩だぞ」

柳原はすっかり乗り気となっている。

「では、後ほど、夕暮れにまいります」

「よし、楽しみにしている」

柳原に見送られ屋敷を出た。

「よかったですね」

善太郎は言った。

「つくづく変わったお方だな」

呆れるように源之助は返す。

「でも、あの風変りなお方のお蔭で一件は落着へと向かうことになるかもしれませんよ」

「違いない」

それは源之助とても納得しないわけにはいかない。

「では、わたしは、早速、むっつり爺いの噂話を流しにかかりますよ」

善太郎もうれしそうだ。

「無理はするな」

「いや、無理しますよ。源太郎さんのためですからね」

押し付けがましい物言いとは感じない。善太郎の気持ちが素直に受け止められて喜びがじわじわと込み上げてきた。

「ならばな」

源之助は家に帰ろうかと思ったがここでもう一度富士店の解体作業現場へと向かった。夕七つ半（午後五時）を迎え、陽は大きく西に傾いているものの、砂塵が舞い陽炎が立ち上るぼんやりとした光景の中、作業は続いている。鳶たちもへばっている。木戸を入って右の棟割長屋は大方解体が終わっているが、左側の割長屋はというと屋根瓦は取り除かれ、剝き出しとなった屋根が幾分か捲り上げられているものの、まだ、原型を留めていた。砧たち火盗改が長屋の内部を探し回っている。

砂と汗にまみれている砧に声をかけた。

「またでござるか」

砧は心底うんざりとしている。

「まあ、そうおっしゃらんでくだされ」

源之助はにこやかに声をかける。

「何用でござるか」

砧はお義理で聞いてくる。

「いや、貴殿を煩わせたこと、まこと申し訳なく存ずる」

「そのことなら、もういい。また、証言をしてくれと願いに来られたのなら、ごめんですぞ」

砧は激しく顔を歪めた。

「もう、それは結構です」

源之助は言う。

「諦めたのでござるか」

砧は好奇心をそそられたようだ。

「いや、それどころかよき証言を得られそうなのでござるよ」

源之助は満面に笑みを広げた。

「ほう」

砧は探るように上目使いになった。

「あの現場におった物乞いが見つかったのです」

「物乞い」

砧は薄笑いを浮かべた。

「物乞いといっても馬鹿にはできませんぞ。今は物乞いに身を落としておりますが、かつてはさる大名家のれっきとした藩士でござった。もし、こたび、お梅殺しの証言をして然るべく褒美が与えられるとならば、喜んで証言するでしょう。そうなれば、単なる物乞いの証言ではござらんから、きっと、奉行所もその証言を重くみて、お梅殺しの探索に光明が開かれるというものですな。そうなれば、新藤殿とて知らぬ存ぜぬでは通していけるものかどうか」

源之助は思わせぶりな笑みを送る。

「その物乞い、所在を確かめたのか」

「貴殿には渡しませんぞ」

「もう捕まえたのか」

「いいや、これからです。言っておきますが、勝手な手出しは無用に願いたい。町方も行方を追っておりますからな」

源之助はきつい口調で言った。

四

「わかった」

砧は苦々しげに返した。

「では、これにて」

してやったりという気持ちになった。この酷暑の中、妙に清々《すがすが》しい気分になった。

一方矢作はというと、

「お兼、ちょっと人の話を聞け」

「ですから、そんなことできませんて」

矢作は夜鷹たちに、新藤がお梅を斬ったと証言しろと迫っている。

「そりゃ、無茶ってもんですよ。実際、あのこら見てはいないんだから」

お兼はほとほと困り果てている。

「だから、おめえらには手入れのネタを教えてやったこともあるだろう」

「はい、はい、それは恩義に感じてますよ」

「だったら、言う通りしろよ」

「見ていないものできませんよ」

お兼も負けてはいない。

「いいからやれよ」

「ですから、見た者がいないんですって。何度も同じこと言わせないでくださいよ」

お兼は部屋でだべっている夜鷹たちを見回した。するとおずおずとお二人の夜鷹が、

「あの」

と、お互いの顔を見合わせた。

「見たのか」

矢作はたまらず勇み立つ。

「見たわけではないのですけど、新藤さまから、人殺しと叫べって、ねえ」

夜鷹はもう一人に語りかける。もう一人もそう言われたとうなずいた。

「新藤め、やはり、源太郎を罠にかけていたんだ。どうだ、お兼」

と、勝ち誇ったようだ。

「だって、それじゃあねえ、証言にはなりませんよ」

お兼は顔をしかめる。

「それで十分さ」

矢作は自信たっぷりに言う。

「旦那、どうしようっていうんですよ」

「奉行所に訴えろ」

「そんなこと……」

お兼が顔をしかめると同時に夜鷹二人も証言をしたくないと言い張った。無理もない。無用の争いには巻き込まれたくはないだろうし、大藩の要職にある者を自分たち夜鷹が敵に回すことなどしたいはずはない。

「いやです」

一人が言うともう一人も身をよじらせて拒絶した。

「それごらんなさいよ」

お兼は言う。これ以上、無理強いをすることは無理のようだ。じりじりとした焦りが胸にこみ上げる。

「……まあ、仕方ないな」

「すいませんね」

矢作が引っ込んだためにお兼は気が差したようだ。

「ま、いいさ。元々が無理な申し出だったんだからな。いいよ、邪魔したな」

矢作は腰を上げた。ばつが悪くなったのだろう。矢作を見送ってお兼は玄関までやって来た。

「旦那、今回はお役に立てませんで、本当にすみません」

お兼は殊勝にも頭を下げた。

「ならな」

矢作は踵を返し、お兼の家を後にした。それからすたすたと足早に歩き、富士店に向かった。

「おっ、張り切ってるな」

矢作はからかい半分に砧に声をかけた。

「またか」

砧はうんざりしてさっき源之助が来たことを言った。

「こっちも成果が出たぞ。夜鷹が証言するさ」

矢作らしいはったりをかました。

「なんだと」

砧の顔が歪む。

「こっちは本気だからな。絶対に引く気はない。いいな」

矢作は居丈高に言う。

「どうする気だ」

「決まっているだろう。明日夜鷹を奉行所に連れて行く」

「夜鷹の訴えなど取り上げられるものか」

「そうかな。そうかもしれんが、やってみるさ。とにかく、訴えさせる。まあ、それが役立つかどうかはわからんが、楽しみにしておけ」

矢作は大きな声を出した。

「どうした、困った顔をして」

矢作はにんまりとする。

「おのれ、覚えておけ」

砧の顔はどす黒く歪められた。

「忘れはせんさ。ああ、気持ちがいいな。精々がんばれ」

痛快な気分で現場を後にした。

第八章　贋物捕縛

一

源之助は縄暖簾で矢作と向かい合った。

「成果あったぞ」

源之助は興奮を隠せず勢い込んだ。それが、二十歳近く年下の男への対抗心を抱いているようで我ながら内心で苦笑すると同時に、八丁堀同心としての誇りを失っていないのだという誇らしい気分にもなった。

「こっちもだ、と言いたいところだが、夜鷹を口説くことはできなかった」

言ってから、口説くという言い方は妙だなと矢作は苦笑を漏らした。

「物乞いの素性がわかった」

「さすがは親父殿だ」

「むっつり爺いの素性、驚くなかれ直参旗本千石柳原主水丞さまだったんだ。勘定吟味役、普請奉行を歴任されたお方だ」

「へえ」

さすがの矢作もこれにはびっくり顔である。

「そればかりではないぞ。ほれ、贋按摩を捕まえた時、二階にいた武家を覚えておるか」

「ああ、あの老いぼれか」

「その年寄りが柳原さまだったのだ」

「こいつは益々の驚きだな。それで、柳原さまは証言してくれるのか」

矢作は居ても立っていられないようだ。

「証言というのでは甘いと仰せになり、柳原さまご自身が囮となって新藤を誘い出すと……」

「なんだって」

いくら豪放磊落《らいらく》、強引一徹の矢作といえど、直参旗本の御隠居が自らを囮にするとはまったくもって信じがたい、いや、驚き呆れたことのようだ。

「驚き入ったるお方だな」

「まさしく破天荒《はてんこう》なお方よ」

源之助は好奇心に満ち溢れた柳原の顔を思い出し、おかしさが込み上げた。

「面白い、やってやろうじゃないか」

矢作は腕捲りをした。

「新藤め、きっと、口封じに出てくるぞ」

源之助も声を弾ませた。

「そうさ。釣り出せばいいんだ。口封じに出て来たところを押さえれば、もう、申し開きはできないのだからな」

矢作は腕が鳴るとばかりに舌なめずりをした。

「それで、すぐに、奉行所に手配をするのか」

「いいや、せぬ。今回はわたしとおまえだけでやる」

源之助は言った。

「ほう、そうか」

矢作は意外そうだ。

「どうした、臆したか」

そう言われるのが、矢作にとっては一番の屈辱であることを源之助は知った上で言葉をかけた。

「親父殿、おれをみくびるな」

案の定、矢作はむきになる。

「そうくると思ったぞ」

頼もしげに見返す。

「いかいでか」

矢作が大笑いをした時にばたばたと入って来たのは新之助、源太郎、京次である。

「我らを加えないとは水臭い」

新之助が顔をしかめる。

「なんだ……」

源之助が口を半開きにすると、

「善太郎さんに会ったんですよ」

京次が言った。

「そういうことか」

源之助が言うと、

「我らも行きます。断られても行きますよ」

新之助は一歩も引かない態度である。源太郎とて同様で、

「わたしもです」

決意を滲ませた。京次も深くうなずいている。

「親父殿、いいじゃないか」

矢作が言った。

「おまえも賛成してくれるか」

意外な気分である。

「ああ、悪党を懲らしめるのだ。いいじゃないか」

「風神の喜代四郎捕縛の手柄だぞ」

「そんなことより、悪党退治だ。黄金の大黒像だがなんだか知らないが、そんなものどうだっていい。おれは人を虫けらのように平気で殺す悪党を絶対に許さないだけだ。その一念から行動をするだけさ」

矢作は声を落ち着かせている。それが、普段以上に矢作の静かな闘志を物語っていた。

「牧村さん、やるぞ」

　矢作は新之助に向いた。

「やろう。絶対に悪党を逃すものか」

　新之助も快く応じた。

「よし、これだけ、心が一つになれば怖いものはないさ」

　源之助は言った。

「なんだかうずうずしてきましたね」

　源太郎も目を爛々と輝かせている。

「よし」

　源之助は気合を入れた。


　源之助は単身柳原屋敷にやって来た。裏門から入ると、御殿の台所に入る手はずとなっている。

　すると、奥から声がした。

「父上、何処へ行かれるのですか」

　どうやら息子のようだ。

「ちょっと、そこまでだ」

曖昧な返事をしている柳原である。息子としては物乞いの格好をして父親が出歩くことなど許せるはずはない。しまったと思った。自分が甘かった。もう少し詰めをしっかりと行うべきだったのだ。

「かまわん」

柳原の声は苛立っていた。

「おやめくだされ」

息子清太郎も必死で止めている。が、とうとう、振り切って柳原が台所に現れた。それはまさに物乞いの格好である。総髪の髪は鬘《かつら》のようだ。薄汚れた単衣、よれよれの帯、茣蓙《ござ》まで持っている。手の込んだことが好きなのは性分らしい。

清太郎が追いかけて来た。

源之助と目が合う。

「そなたか、父をたぶらかした町方の役人は」

清太郎の怒りは源之助に向けられた。

「確かにお父上にお手助けを願ったのはわたしです」

「おのれ、なんたることを。御奉行に断固とした抗議をしようぞ」

清太郎は顔から湯気を立たせた。

「おい、これは、わしが自分から願い出たことなのだ」

柳原は息子を宥めにかかった。

「父上、目を覚ましてください」

「わしは正気じゃ」

「そのような格好をなさり、正気などと申せましょうか」

「おおさ」

「嘆かわしい」

清太郎は渋面を作った。

「よいか、わしは酔狂《すいきょう》でこんなことをするのではないぞ。この世の悪党を退治するためなのだ」

清太郎は呆れ顔である。

「この蔵間と共に、人を虫けらのように殺す悪党を退治するのだ」

「悪党とは何者ですか」

「喜多方藩御用方新藤総十郎とその手下」

「そのような戯言《ざれごと》を……」

清太郎は小馬鹿にしたように鼻で笑った。

「おまえ、馬鹿にしておるのか」

柳原は詰め寄る。

「信ぜよという方が無理というものです」

ここで源之助が、

「お言葉ですが、大殿さまがおっしゃることとまことでございます」

「そんな馬鹿な」

「いいえ、まことでございます」

源之助は眦を決した。高々八丁堀同心と侮っていた男が目付たる自分を相手に一歩も引かない。清太郎はここで興味を抱いたようである。源之助はここぞとばかりにこれまでの新藤による蛮行を語った。お梅という夜鷹を殺し、その罪を息子源太郎に負わせたこと、お梅殺しの背景には喜多方藩の秘宝を巡るごたごた、そのごたごたが風神の喜代四郎一味と絡んでいることをとうとうと捲し立てた。見る見る清次郎の顔色が変わっていく。

「まこととしたら由々しき事態」

「だから、まことなのだ。由々しき事態ゆえ、わしは蔵間と共に新藤を退治すべくこのような汚れ役を買って出た」

柳原は得意満面である。

「まこと、あっぱれなるご決意なのです」

源之助も言い立てた。

「しかし、それはちと」

清太郎は困ったような顔をした。

「どうした、喜多方藩と事を構えては自分の出世に影響するとでも考えておるのであろう」

「そのようなことはござらん」

「いや、そうに決まっておる。まあ、心配するな、おまえには迷惑をかけぬようにする。なあ、蔵間」

「御意《ぎょい》にございます」

力強く源之助は答える。

「騒ぎにはなるまいな」

清太郎が念押しをした。

「むろんのことでございます」

「よし」

清太郎は腹を決めたのか表情をずいぶんと落ち着かせていた。

「まあ、任せろ」

柳原である。

「どうか」

源之助も言う。

「父のこと、しかと守れるのじゃな」

「むろんでございます」

「武士に二言《にごん》はないな」

「はい」

源之助はいかつい顔を際立たせた。

「ならば、行くぞ」

柳原に促され源之助も腰を上げた。

二

源之助は柳原と共に逢引稲荷までやって来た。十六夜《いざよい》の月に照らされ、逢引稲荷の周りはちらちらと人影が見える。夜鷹たちだ。仲間が殺されたというのに客を取らなければ生きてはいけないということだろう。

足音を忍ばせ、矢作が近づいて来た。

「頼もしい助っ人です」

源之助が柳原の耳元で囁く。柳原は小さくうなずいた。

「他にも三人、闇の中に潜んでおります」

「申しておくが、わしが良いと合図するまで手出しするな」

柳原は楽しもうとしている。その無鉄砲さは呆れるばかりだが、ここにきて機嫌を損ねるわけにはいかない。

「承知致しました」

源之助は矢作と共に柳原から離れた。

柳原は逢引稲荷の鳥居を潜って行く。夜鷹たちが、

「むっつり爺い」

と、声をかけるのが聞こえた。柳原は気を良くしたのか無言ながら右手を上げた。

夜鷹たちが寄って来る。柳原は銭を恵んでやった。それから、古びた祠《ほこら》へと歩を進め、祠の前に茣蓙を敷くとあぐらをかいた。日本橋本石町の時の鐘が夜四つ（午後十時）

を告げた。屋形船や夜店の賑わいも潮が引くように消えていく。夜風が樹木の枝を揺らし、葉擦れの音が静けさを際立たせた。

源之助たちは暗がりに身を潜ませ、息を殺している。お互い、何処にいるのかさえ、判然としないが、揃ってむっつり爺いこと柳原主水丞の一挙手一投足を注視していることは確かだ。

息が詰まるような時は四半時ほども続いた。俄かに深夜の静寂を破る足音が鳥居へ繋がる一本道を近づいて来る。ただならぬ様子に夜鷹たちが小さな悲鳴と共に逃げ去った。

新藤総十郎を先頭にした武士たちが十人余り、逢引稲荷の鳥居へと到着した。新藤は鳥居を潜り、柳原に近づく。侍たちも続いた。侍たちを従えた新藤が、

「おい、物乞い。こんな所で何をしておる」

「…………」

柳原は答えない。無言で新藤を見上げるばかりだ。

「見たのか。おまえ、わしが夜鷹を斬ったのを見たな」

新藤は確かめるというよりも、物乞いをいたぶって喜んでいるようだ。

「どうなのだ」

何も答えようとしない柳原を新藤は足蹴《あしげ》にした。侍たちも嘲《あざけ》りの笑いを投げかけた。

「馬鹿な物乞いだ。大人しく引っ込んでおればいいものを、小銭欲しさに物乞いに出て来るとは馬鹿な奴。飛んで火に入る夏の虫とはおまえのことだな」

新藤は声を放って笑った。それに合わせるように侍たちも笑い声を大きくする。

と、次の瞬間、

「無礼者！」

柳原は敢然と立ち上がった。新藤の動きが止まる。

「わしを誰と思うてか」

柳原は総髪の鬘を取り地面に放り投げた。

「な、なんだ」

新藤が言葉にならない声を上げると侍たちも思わずといった風に後ずさった。

「直参旗本柳原主水丞だ」

柳原は千両役者のように見得を切った。

「柳原殿……。何故、そのような格好を……」

「まずは名を名乗れ」

「それは……」

「名乗れぬか、この悪党。罪もなき夜鷹を手にかけ、その罪を八丁堀同心になすりつけるとは武士の風上にもおけぬ。天に代わってこの柳原主水丞が成敗してくれるわ」

柳原の朗々とした声が十六夜の月に吸い込まれてゆく。

「黙れ、この物乞い。暑さのせいで気が狂ったか」

新藤は開き直った。柳原をねめつけながら抜刀した。侍たちもそれに倣《なら》う。

さすがに柳原の表情が凍りついた。それから、

「もう、いいぞ」

先ほどとは打って変わって情けない悲鳴を上げた。

源之助は鳥居の陰から飛び出した。

が、一瞬早く、祠の背後から源太郎が現れた。時を置かず、矢作や新之助、京次も駆けつけた。

「おのれ、謀《はか》ったな」

新藤の顔が悔しげに歪む。

「新藤総十郎、観念せよ」

源太郎が十手を差し出した。

「うるさい」

新藤は源太郎の十手を大刀で払い除けた。源太郎は足を滑らせよろめいた。それをきっかけに矢作が抜刀すると斬りかかった。新之助も大刀を抜く。侍たちとの斬り合いが始まった。ところが、斬り合いが始まったところで、

「行くぞ」

新藤は一目散に鳥居に向かって走りだした。侍たちも続く。

「卑怯者め」

威勢を取り戻した柳原が言う。源之助は柳原の無事を確かめよと近寄ったが、

「早く追え、悪党を逃すな」

と、柳原に叱咤された。

柳原に背中を押されるように源之助は走りだす。源太郎、矢作、新之助も続いたが京次の姿はなかった。

鳥居を出たところで、新藤たちの行方がわからない。

「何をしておる」

柳原が追いついて来た。悔しげに黙る源之助に向かって、

「見失ったのか」

柳原は残念そうに顔を歪ませる。

「行く先は、喜多方藩邸とわかっているのだから、これから乗り込めばいいさ」

矢作は平然と返した。

「それもそうだな。よし、乗りかかった船じゃ。わしも行ってやる」

柳原はすっかり乗り気である。

「いえ、これ以上はお手を煩わせるわけにはまいりません」

源之助は言った。

「かまわん、おまえたち、町方では喜多方藩邸に踏み込むこと、ままならぬからな。わしとても、無役であるが、これでも、直参旗本じゃ。そこは、うまく、新藤たちを引き渡すよう交渉してやる」

柳原は得意満面だが、矢作も新之助も源太郎も困り顔である。源之助とて、一旦は新藤を釣り出すために手助けを申し出た以上、むげに断ることはできない。さりとて、喜多方藩邸にまで乗り込むというのも考えものだ。

「しかし、清太郎さまに御迷惑がかかります」

苦肉の策として倅の名前を出した。柳原は少しだけ躊躇したものの、

「かまわん。倅とて悪党を退治したいというわしの気持ちはわかってくれよう。第一、倅の顔色を窺って生きていけるか」

柳原は血が頭に上っているようだ。

困った大殿さまである。

「さあ、行くぞ」

柳原は意気揚々と歩きだした。月光に照らされた柳原は髷、月代こそ丁寧に手入れされているものの、粗末な着物を着流し、おまけに腰に大小を帯びていないとあって、いかにも不審な男にしか見えない。いくら、源之助たち町奉行所の役人が一緒でも喜多方藩邸でまともに相手をしてくれるかどうか……。

「父上、わたしがまいります。数人で押しかけては喜多方藩邸とて警戒するでしょう。新藤に濡れ衣を着せられたのはわたしなのですから、わたしが柳原さまと行ってまいります」

柳原は興味を抱いたようで、

「おお、おまえか。濡れ衣を着せられたという蔵間の倅は」

と、源太郎の前に立った。源太郎は頭を下げた。

「うむ、よき面構えをしておる。父を見習って、よき同心とならねばな」

「ありがとうございます」

「よし、いざ、喜多方藩邸へ乗り込むぞ」

柳原は源太郎を伴って両国橋へと向かった。

「大丈夫ですかね」

新之助が心配げに訊いてくる。

「喜多方藩とて、よもや、直参旗本と北町奉行所の同心に危害を加えることはあるまい。ただ、相手にするかどうか、新藤の身柄を渡すかどうかとなると、疑問だがな」

源之助の言葉を受け、

「ま、いいじゃないか。柳原さまに大いに働いていただこう。どうなるかわからぬが、喜多方藩邸をかき回すことはできるだろう。そうなれば、面白いことになるかもしれん」

矢作は言った。

「面白いだと」

新之助は不満そうだ。するとそこへ京次が戻って来た。

「新藤たち、富士店に入って行きましたよ」

どうやら京次はいち早く新藤たちの行方を追っていたようだ。

三

「富士店なら、やりやすい。藩邸に逃げ込まれたら厄介だった」

矢作が言った通り、町方が大名家の家臣を捕縛する際、藩邸に踏み込むことはできない。藩邸はいわば治外法権である。ところが、江戸市中においては大名家の家臣といえど、何らかの罪を犯した場合、町奉行所には捕縛する権限があった。大名や旗本自身を捕縛することはできないが、家臣たちには町方の権限は及ぶのである。

「ならば、早速」

新之助も勇み立つ。

「どうする。大殿さまと源太郎、追いかけて連れ戻すか」

矢作の問いかけに、

「京次、追いかけてくれ」

源之助は京次に頼んだ。京次が両国橋に向かったのと同時に源之助と矢作、新之助は富士店に向かった。

富士店に着いた。

未だ、解体作業は終わってはいない。木戸を入ると路地の左側に建つ割長屋は屋根瓦は取り除かれ、腰高障子もあらかた外されてあるが、建物自体は原型を留めている。源之助たちは足音を消し、路地を歩いて行く。

突き当りの井戸端に新藤たちがいた。藩邸には帰らずわざわざやって来るとはよほど重要な用事があるのだろう。矢作の息遣いが荒くなった。目前に敵を見て気が立ったようだ。源之助が宥めようとしたところで、矢作の溝板を踏む足音が静寂を破った。

新藤たちがこちらを向く。

新藤は大黒像を抱いていた。どうやら、井戸から回収したようだ。

「そこで、何をしているんだ」

矢作が大きな声を出した。

「やれ」

新藤は侍たちに命じた。

「やってやるとも」

矢作は大刀を抜く。新之助も十手ではなく大刀に手をかけた。こうなったらやるしかない。

源之助も抜刀した時には矢作は駈けだしていた。新之助も負けじと続く。

狭い路地で敵味方の刃が交わった。

矢作は新藤目がけて斬り込んだ。新藤は素早く後ずさる。新藤を守るように二人の侍が矢作に立ち向かった。矢作は二人を相手に奮戦した。新之助も左右から斬りかかられ、必死で応戦していた。

その間隙を縫うように新藤が路地を木戸へと向かう。手には何か光る物を持っている。

——金の大黒像だ——

源之助は直感的に思った。

と、雪駄を脱ぐと右手に持ち、思い切り新藤目がけて投げつけた。雪駄は矢のように飛び、新藤の後頭部を直撃した。

新藤は前にのめり、その拍子で大黒像を落とした。大黒像は路地を転がった。源之助は拾おうとしたが、背後から斬りかかられた。

咄嗟に振り向くと同時に抜刀する。

そこへ敵は大刀を大上段に振り下ろしてきた。源之助は心ならずも足を滑らせた。雪駄を脱いだため、右足の踏ん張りが利かなかったのだ。ところが、これが幸いした。

相手の刃は空《くう》を切り、今度は相手の身体が泳いだ。

源之助は素早く立ち直ると相手の首筋に峰打ちを食らわせた。

「親父殿、大丈夫か」

矢作が駆けつけて来た。

「心配いらん」

路地には侍たちが転がっている。新藤はよろよろと立ち上がったが、すぐに源之助は足払いをかけた。新藤の身体は横転した。

「観念せよ」

源之助は新藤の顔に大刀の切っ先を突き付けた。新藤はむっつりと睨み上げている。

「首、刎ねられたいのか！」

矢作が怒声を浴びせると新藤は大刀を放り出した。次いでがっくりとうなだれる。

新之助が黄金の大黒像を拾い上げて持って来た。源之助は両手で持ちしげしげと眺める。赤子ほどの大きさの手彫りの大黒像だ。月光を浴び全身が金色に輝いている。

「これが、喜多方藩の秘宝なのだな」

源之助の問いかけに答えようとしない新藤の襟首を矢作が摑んだ。新藤は舌打ちをして、

「そうだ」

と、吐き捨てた。

「金ぴかで眩しいな。盗まれたら大事《おおごと》なのもわかる」

矢作が源之助から大黒像を受け取ると味わうように撫でまわした。すると、

「なんだ」

矢作の口から素っ頓狂な声が漏れる。

「どうした」

新之助が問いかけると、

「いや、なんだか妙なんだ」

矢作は首を捻った。

「どれ、貸してくれ」

新之助が両手を差し出した時、

「おう、おい」

矢作は不満げな声と共に大黒像の背中をむいた。

そう、背中がぱっくりと剝がれたのだ。

「これ、金色に塗った油紙ではないか」

新之助が言う。

「そうだよ。金の大黒像なんかじゃないさ。金色の紙で黄金製に見せかけているだけなんだ。ということは、贋物ってことだな」

矢作は新藤を見る。

「そうさ、それは贋物」

新藤は観念したのか素直に答えた。

「本物は何処だ」

「ない」

新藤は吐き捨てた。

「ないとはどういうことだ」

興奮気味の矢作を源之助が制すると新藤に向き直り、

「風神の一味に盗まれたままということか」

「ふん」

新藤は苦笑を漏らした。それから何故か高笑いをする。源之助は新藤が笑うに任せた。ひとしきり笑うと気持ちが吹っ切れたのか、開き直ったのか、表情は晴れやかだった。

「風神の一味とは我らだったのだ」

　新藤の告白に源之助は苦笑を漏らし、矢作と新之助は唖然と言葉を呑み込んだ。

「実は、黄金の大黒像、藩の財政難でな、とうに売り払っていた。ところが、それを表沙汰にするわけにはいかなかった。なにせ、喜多方藩伝来の宝だからな。こうして、贋の大黒像をお城の宝物庫に仕舞っておった。ところがだ」

　三年前、宝物庫から贋の大黒像が盗み出された。

「盗んだのは城下にやって来た行商人」

「吉次だな」

　源之助は念押しするように問いかけた。新藤は首を縦に振った。

「すぐに追手を差し向けた。幸い、吉次を捕縛することができた。吉次は腕利きの盗人だった」

　吉次の所持品からは入念に調べられた大店や大名家の金や財宝を記した帳面があった。

「わしは、これは使えると思った」

　吉次を手先として使い盗人一味を作ることにした。

「それが風神の喜代四郎だ」

「風神の喜代四郎は富士屋治三郎ではないのか」

「あれはわが配下の隠密だ。店を構えさせ、吉次や吉次の仲間の盗人一味の監督を任せた」

「なるほど、風神一味が奥州道中で盗みを働きだしたのは三年前だ」

矢作が言った。

「吉次たちが収集した情報を元に、時には我らが盗みを行った」

新藤は愉快そうに笑った。

「まさか、藩主尾上備前守さまもご存じなのか」

源之助が訊いた。

新藤はきっぱりと首を横に振る。

「殿はご存じない。あくまで、我らの裁量で行っただけだ。やっているうちに、楽しんでしまったがな」

新藤の顔には薄笑いが貼り付いた。矢作は大きく舌を鳴らしてから、

「で、どうして、吉次を殺したんだ」

「調子に乗りおった。自分の働きをもっと高く買え、と。でないと、御奉行所に訴えるとな」

「脅されたから殺したんだな」

「そうだ。あ奴め、再び贋の大黒像を盗み脅しのネタにしおった」

吉次を殺し、贋の大黒像と吉次が収集した帳面を回収すべく動いた。帳面は回収したが、大黒像は見つからなかった。

「お久の留守中に家に忍び込んだだろう」

矢作が問いかける。

「いかにも」

「その時、お静に見られたんだな」

「そうだ。だから口封じをしたということだ」

「ずいぶんと簡単に人の命を奪うじゃないか」

矢作は怒り心頭のようだ。だが、怒りを鎮めるように肩で息をしてから、

「若杉さんも口封じだな」

「按摩にやらせた」

新藤は竹の市も隠密だったとあっさり白状した。

「ふん、よくもまあ、虫けらのように人を……」

矢作の物言いは穏やかになったが目は剣呑に尖り、さっと一歩前に出たと思うと右

の拳で新藤の頰を殴りつけた。新藤はひっくり返った。

その時、大地を踏みならす大勢の足音が近づいて来た。

柳原と源太郎、それに京次がいる。さらには、数十人の侍たちがいた。京次が源之助に耳打ちをした。柳原が喜多方藩邸に乗り込み、新藤の悪事を訴えたという。侍たちは柳原の要請に従って駆けつけた喜多方藩の侍たちだ。

「蔵間、悪党の始末は喜多方藩に任せようぞ」

柳原が言う。

横目に矢作の不満そうな顔が映った。

「喜多方藩に引き渡して、ちゃんとした裁きが下されるのでしょうな」

「むろんじゃ。もし、うやむやにするようなことがあったら、わしが許さん」

柳原は胸を叩いてみせた。

源之助は矢作に視線を投げる。

「富士屋のこと、風神の喜代四郎のこと、きっちりと始末をつけてくれるのなら、おれはかまわん。いい加減な始末の付け方をしたら、おれは火盗改に乗り込む」

すかさず、

「わたしもです」

新之助も言い添えた。源太郎は口にこそ出さないが、強い意志を目に込めている。

「この柳原主水丞の名にかけて約束する」

柳原は芝居がかったような物言いで約束をした。

四

月が改まって文月《ふづき》の一日、源之助は自宅の縁側に腰掛けて杵屋善右衛門と語らっている。

夕暮れ時、庭には赤とんぼが舞い、離れ家が概《おおむ》ね形造られていた。

「今年の夏は暑うございましたが、蔵間さまは益々ご壮健でございますね」

「そうでもござらん。へばったこともありますぞ。若い者にはかないませんと」

「どうして、どうして。善太郎に聞きました。善太郎の頼みで大いに動き回られたと」

善右衛門は楽しげに微笑んだ。

「性分ですな。動いていないと、かえって身体の調子が悪くなる。ところで、善太郎、大した成長ぶりですな」

「いや、まだまだです」

「そんなことはござらん。善右衛門殿、安心して隠居ができますぞ」

「隠居ですか……」

善右衛門の睫毛が寂しげに揺れた。次いで茜空《あかねぞら》を見上げながら話題を変えようと思ったのか、

「すっかり日が短くなりましたな。ま、毎年、同じことを言っておりますが」

「夏が去ろうとしておりますな」

蜩《ひぐらし》の油蟬とは違う甲高い鳴き声を味わうように源之助も空を見上げた。

「夏が過ぎれば、楽しみなことが待っておられますな」

善右衛門は視線を離れ家に移した。源之助は面映《おもは》ゆくなり、「まあ」と曖昧に言葉を濁した。

「遠からず、子宝を授かれば、蔵間さまは……」

善右衛門はここで言葉を止めた。

「爺いですな」

庭先で孫を抱く自分の姿を想像してみたが、正直なところ実感が湧かなかった。そういえば、お久はどうしているのだろう。お久には吉次が盗人であったことは伝えて

いない。生まれてくる子に罪はない。

お久と自分の一生を歩んでいけばいいのだ。

「そういえば、善太郎がお出入りが叶った大殿さま、大変に風変りなお方だとか」

善右衛門は思い出したように言った。

「それはもう、大そう風変わりで、しかも、大変に頼もしいお方です」

あれから、新藤総十郎と一味は喜多方藩で切腹を申しつけられた。火盗改を務める新藤の兄飯盛伯耆助は火盗改を辞した。

富士屋治三郎と与三は火盗改によって風神の喜代四郎とその一味として捕縛された。風神の一味が奪った財宝は新藤が江戸の喜多方藩邸に隠し持っていたが、秘かに持ち主の元へと返された。

こうした落着の仕方を矢作と新之助、源太郎は不満だったらしく、連日のように三人で酒を飲み、不平を並べていたそうだ。お蔭で、矢作とはずいぶん親しくなりましたと、新之助が苦笑交じりに言っていた。

だが、そうした不平も時と共に薄らいでいく。さながら時節が移り変わるように……。

そして、一つの御用にいつまでも関わってはいられない。日々刻々、事件は起こり、八丁堀同心に休息も反省する暇も与えてはくれないのだ。

「善右衛門殿、どうですか、一献」

源之助は猪口を呷《あお》る真似をした。

「蔵間さまから酒のお誘いとは珍しい。何かあったのですか。あ、いや、そんなことはどうでもいいですな。やりましょう」

善右衛門は満面に笑みを広げた。

源之助は立ち上がり、

「おい、酒の支度だ」

と、いかつい顔を綻ばせた。

木戸門の隙間から七夕《たなばた》の短冊売りが通り過ぎるのが見えた。

時代小説

二見時代小説文庫

風神《ふうじん》狩《が》り　居眠《いねむ》り同心《どうしん》　影御用《かげごよう》11

著者　早見《はやみ》　俊《しゅん》

発行所　株式会社　二見書房
東京都千代田区三崎町二―一八―一一
電話　〇三―三五一五―二三一一［営業］
　　　〇三―三五一五―二三一三［編集］
振替　〇〇一七〇―四―二六三九

印刷　株式会社　堀内印刷所
製本　ナショナル製本協同組合

ISBN978－4－576－13108－5
http://www.futami.co.jp/

居眠り同心 影御用 源之助 人助け帖
早見俊［著］
凄腕の筆頭同心がひょんなことで閑職に……。暇で暇で死にそうな日々に、さる大名家の江戸留守居から極秘の影御用が舞い込んだ。新シリーズ第1弾！

朝顔の姫 居眠り同心 影御用2
早見俊［著］
元筆頭同心に御台所様御用人の旗本から息女美玖姫探索の依頼。時を同じくして八丁堀同心の不審死が告げられた。左遷された凄腕同心の意地と人情。第2弾！

与力の娘 居眠り同心 影御用3
早見俊［著］
吟味方与力の一人娘が役者絵から抜け出たような徒組頭次男坊に懸想した。与力の跡を継ぐ婿候補の身上を探れ！「居眠り番」蔵間源之助に極秘の影御用が…！

犬侍の嫁 居眠り同心 影御用4
早見俊［著］
弘前藩御馬廻り三百石まで出世した、かつての竜虎と謳われた剣友が妻を離縁して江戸へ出奔。同じ頃、弘前藩御納戸頭の斬殺体が江戸で発見された！

草笛が啼《な》く 居眠り同心 影御用5
早見俊［著］
両替商と老中の裏を探れ！北町奉行直々の密命に居眠り同心の目が覚めた！同じ頃、母を老中の側室にされた少年が江戸に出て…。大人気シリーズ第5弾

同心の妹 居眠り同心 影御用6
早見俊［著］
兄妹二人で生きてきた南町の若き豪腕同心が濡れ衣の罠に嵌まった。この身に代えても兄の無実を晴らしたい！血を吐くような娘の想いに居眠り番の血がたぎる！

二見時代小説文庫

虚飾の舞　目安番こって牛征史郎3
早見俊［著］

目安箱に不気味な投書。江戸城に勅使を迎える日、忠臣蔵以上の何かが起きる……。将軍家重に迫る刺客！征史郎の剣と兄の目付・征一郎の頭脳が策謀を断つ！

雷剣の都　目安番こって牛征史郎4
早見俊［著］

京都所司代が怪死した。真相を探るべく京に上った目安番・花輪征史郎の前に驚愕の光景が展開される…。大兵豪腕の若き剣士が秘刀で将軍呪殺の謀略を断つ！

父子の剣　目安番こって牛征史郎5
早見俊［著］

将軍の側近が毒殺された！居合わせた征史郎に嫌疑がかけられる！この窮地を抜けられるか？元隠密廻り同心と倅の若き同心が江戸の悪に立ち向かう！

陰聞《かげき》き屋十兵衛
沖田正午［著］

江戸に出た忍《しのび》四人衆、人の悩みや苦しみを陰で聞いて助けます。亡き藩主の無念を晴らすため萬ず揉め事相談を始めた十兵衛たちの初仕事の首尾やいかに⁉　新シリーズ

刺客　請け負います　陰聞き屋十兵衛2
沖田正午［著］

藩主の仇の動きを探るうち、敵の懐に入ることになった陰聞き屋の仲間たち。今度は仇のための刺客や用心棒まで頼まれることに。十兵衛がとった奇策とは⁉

往生しなはれ　陰聞き屋十兵衛3
沖田正午［著］

悩み相談を請け負う「陰聞き屋」なる隠れ蓑のもと仇討ちの機会を狙う十兵衛と三人の仲間たちが、絶好の機会に今度こそはと仕掛ける奇想天外な作戦とは⁉